EDUARDO MENDOZA

Eduardo Mendoza 1943 yılında Barselona'da doğdu. 1973-1982 yılları arasında New York'da yaşadı. Birleşmiş Milletler'de çevirmen olarak çalıştı. İlk kitabı *"La verdad sobre el caso Savolta"* 1975'de yayımlandı. *"Genç Kızlar Labirentinin Esrarı"* yazarın ikinci kitabıdır. Bu kitabın başarısı üzerine, aynı kahramanın yeni serüvenlerini konu alan *"El laberinto de las aceitunas"* ı yazmıştır. Yeni İspanyol Edebiyatının en çok konuşulan kişilerinden biri olan Mendoza'nın son kitabı *"La ciudad de los prodigios"* da büyük bir ilgiyle karşılanarak on iki baskılık bir satışa ulaştı.

EDUARDO MENDOZA' NIN BAŞLICA KİTAPLARI:

La verdad sobre el caso Savolta
El laberinto de las aceitunas
La ciudad de los prodigos

EDUARDO MENDOZA

GENÇ KIZLAR
LABİRENTİNİN
ESRARI

Türkçesi
Hüseyin Boysan

Murathan
Mungan

Genç Kızlar Labirentinin Esrarı
Özgün adı: *El misterio de la cripta embrujada*, 1979

Fransızca'dan çeviren: *Hüseyin Boysan*

Hüseyin Boysan' ın başlıca çevirileri:
Catherine Hermary-Vieille *(Gecelerin Veziri)*, Jerzy
Kosinski *(Çelik Bilye)*, Georges Simenon *(Maigret
Korkuyor, Maigret ve Muhbir)*, Jeanne Cordelier
(Hayat Kadını)

Dizi Redaksiyon sorumlusu: *Zeynep Süreyya*
Dizi Kapak tasarımı ve sayfa düzeni: *Sinan Saraçoğlu*
Dizi Amblemi: *Ömer Erduran*

Kapak düzeni: *Mete Özgencil*
Kapak resmi: *Clovis Trouille*

Birinci Basım: Aralık 1990
Baskı adedi: 3000

ISBN 975-14-0219-0

KTB 90.34.Y.0030.0277

ÇAĞDAŞ
EDEBİYAT

5

Dizi no: 9

Remzi Kitabevi A.Ş.
Selvili Mescit S. 3 34440 Cağaloğlu-Istanbul
Tlf: 522 7248 - 52 0583, Fax: 522 9055

Evrim Matbaacılık Ltd. Şti.
Selvili Mescit S. 3 34440 Cağaloğlu-Istanbul, 1990

GENÇ KIZLAR LABİRENTİNİN ESRARI

Romanın Adımları

I

Beklenmedik Bir Ziyaret

Kazanmak için çıkmıştık yola, kazanabilirdik de. Taktiği ben vermiştim -alçakgönüllülük harcım değildir- çocukları zorladığım sıkı antrenman, kafalarına vura vura yerleştirdiğim gözüpeklik: her şey bizim lehimize. Her şey yolunda gidiyordu; düşman çöküyor; biz gole gidiyorduk. Güneşli, güzel bir Nisan sabahıydı, sahanın etrafını çevreleyen dut ağaçları, ilkbaharın işareti olan hoş kokulu, sarımsı bir tüyle kaplanmışlardı. İşte o andan itibaren her şey kötü gitmeye başladı: durup dururken gök bulutlandı ve sıkı defans yapmakla görevlendirdiğim 13 numaralı odadaki herif, Carascosa kendini yere atıp "ellerimi insan kanına bulaştırmak istemiyorum" diye avaz avaz bağırmaya başladı -ondan hiç kimse böyle bir şey istememişti-, üstelik söylediğine göre göklerdeki anası da oğlunun bu kadar saldırgan oluşunu kınıyormuş. Neyse, benim ileri oyunculuğum hakemlik görevini de kapsadığından fazla şamataya yer bırakmadan, çabucak bize attıkları golü iptal ediverdim. Ama biliyordum ki bozgun bir kez başladı mı, kimse tutamazdı ve kısacası bizim sporcu geleceğimiz pamuk ipliğine bağlıydı. Ama Tonito'nun, ne yalan söyleyeyim, sahanın ortasından gönderdiğim o güzelim paslara boş verip, düşman kalesinin direklerine kafa attığını görünce, yapacak bir şey olmadığını, bu yıl da şampiyonluğun yattığını anladım. Dolayısıyla Doktor Chulferga, eğer adı buysa, çünkü yazılmışını hiç görmedim, eh benim kulaklarım da ağır işitir, bana oyunu bırakıp yanına gelmemi işaret ettiğinde hiç rahatsız olmadım: kimbilir ne söyleyecekti? Doktor Chulferga dört köşe, tıknaz bir gençti, karamela rengi gözlük camlarının kalınlığında bir sakalı vardı. Güney Amerika'dan geleli az olmuştu ama şimdiden hiç seveni yoktu. Öfkemi saklayabilen bir saygıyla selamladım.

— Dr. Sugranes seni görmek istiyor, dedi.

Ve ben de cevabı bastırdım:

— Bu benim için bir zevktir.

Bu olumlu sözlerimin adamı gülümsetemediğini fark edince lafı yapıştırdım:

— Sporun bizim kaçık sistemimizi güçlendirdiği bir gerçekse de...

Doktor yarım tur atmakla yetindi, hızlı adımlarla uzaklaşıyor, ara sıra arkaya dönüp kendisini izleyip izlemediğimi kontrol ediyordu. Gazetede yayınlanan yazı olayından sonra herkesten kuşkulanır olmuştu." Kişilik bölünmesi, şehvet hezeyanları ve idrar tutukluğu", başlıklı bir yazı yazmıştı. Adamcağızın yeni gelmiş olmasının verdiği saflığı istismar eden *Fuerza Nueva* yazıyı "Monarşik kişilik üzerine bir deneme" başlığı altında yayınladı. Tabii doktor bu yaklaşımı çok kötü karşıladı. Ara sıra terapinin ortalık yerinde acı acı bağırıveriyordu:

— Bu boktan ülkede, deliler bile faşist.

Her harfi bir bir söyleyen bizlerden farklı konuşuyordu.

Yukarıda açıkladığım nedenlerden dolayı hiç karşılık vermeksizin emirlerine boyun eğdim. Oysa ondan duş yapmak ve giysilerimi değiştirmek için izin isteyebilirdim: terlemiştim, zaten genellikle kötü kokular saçarım, özellikle de kapalı yerlerde kaldığımda. Ama sustum. Etrafı ıhlamur ağaçlarıyla çevrili, ince kumlu, çakılla kaplı bir patikadan geçtik, mermer basamakları tırmandık ve sanatoryum binası ya da kısaca sanatoryumun holüne girdik, kurşunlu camlardan yapılmış tavandan süzülen kehribar renkli ışık, sanki kışın son günlerinden kalma berrak serinliği dağıtır gibiydi. Holün dibinde, aziz Vincent de Paul'ün heykelinin sağında, heykelin kaidesiyle halılı merdiven -konuk merdiveni denir- arasında bekleme odası bulunurdu. Burada, alışıldığı üzere, Automobile Club'ün toz toprak içinde, günü geçmiş dergileri yığılı dururdu. Bu bekleme salonunun ucunda Dr. Sugranes'in odasının kapısı vardı. İşte bana eşlik eden zat bu ağır akaju kapıyı tıklattı. Kapının yanında gömülü duran ışıklı sinyal panosunda yeşil yandı. Dr. Chulferga kapıyı itti, kafasını aralıktan içeri sokup birşeyler mırıldandı. Sonra çabucak kafasını kapıdan çekip tekrar omuzlarınının üzerine oturttu, ağır kanadı ardına kadar açtı ve içeri girmemi işaret etti, ben de biraz heyecanlı bir biçimde dediğini yaptım. Beş hafta sonra yapmamız gereken üç aylık görüşmeler dışında Dr. Sugranes'in beni çağırması hem sık rastlanan bir durum değildir, hem de hiç hayra alamet sayılmaz. Ve kimbilir belki de bu şaşkınlığım nedeniyle -iyi gözlemci olmama rağmen- Dr. Sugranes'in dışında odada iki kişi daha bulunduğunu fark edemedim.

— İzin verir misiniz sayın Müdür?

Sesim meler gibi çıktı, heceleri iyi söyleyemiyordum.

— Gir, gir, korkma, diye bana karşılık verdi Dr. Sugranes, sesimdeki bozukluğu her zamanki ustalığıyla yorumlamıştı. Baksana, konuklarım var!

Dişlerimin birbirine vurduğunu belli etmemek için bakışlarımı duvarda asılı duran diplomaya sabitleştirmiştim.

"Gelip bu kibar kişilere hoş geldin demeyecek misin? diye ekledi Dr. Sugranes, bir tür dostça ültimatom!

Son bir gayret sarf edip kafamın içini düzene sokmaya giriştim: önce ziyaretçilerin kimliğini saptamam gerekiyordu, yoksa böyle ortada bitivermelerinin nedenini bulamazdım, daha sonra da sıvışmalıydım. Bunun için önce suratlarını görmeliydim, çünkü hiç dostum olmadığından ve bu sanatoryumda geçirdiğim beş yıllık süre içinde hiç kimse beni ziyaret etmediğinden bunların kim olabileceklerini tahmin yoluyla bulamazdım; en yakın akrabalarım bile, -pek de nedensiz sayılmaz- benden yüz çevirmişlerdi. Usul usul döndüm, amacım hareketlerimi ötekilere fark ettirmemekti, ama ne gezer, Dr. Sugranes ve öteki kişilerin toplam altı gözü üzerimdeydi. Gördüklerimi şimdi anlatıyorum: Dr. Sugranes'in masasının tam karşısındaki iki deri koltukta -yani Jaimito Bullion bunlardan birinin üzerine kakasını yapana dek deriydiler, ama sonra simetri kaygısıyla ikisine de makinede yıkanabilen menekşe rengi suni deri kaplandı- iki kişi oturuyordu. Birini çizeyim: pencereye yakın koltukta, elbette öteki koltuğa nazaran yakın, çünkü birinci koltuk, yani pencereye yakın olan koltukla ötekinin arasında büyük bir boşluk vardır, çünkü burada ayaklı bir kül tablası bulunuyordu, aşağı yukarı bir metre yüksekliğinde bronz bir sütunun üzerine oturtulmuş, çok güzel cam bir kül tablası vardı, vardı diyorum çünkü Rebolledo küçük sütunu Dr. Sugranes'in kafasında kırmaya kalkıştığından beri, tabla da, sütun da ortadan yok edildi ve bugün yerlerini boşluk aldı: işte orada, yaşı başı bellisiz bir kadın vardı, ama ben yine de bakımsız bir ellilik diyebilirim, sırtındaki eski püsküye rağmen soylu çizgi ve tavırları olan bir kadın; pliseli tergal eteğinin üzerinde, dizlerinde, el çantası niyetine, sap yerine sicim takılmış, boyu eninden fazla, köhne bir ebe çantası taşıyordu. Bu hanım dudaklarını açmadan gülümsüyordu, ama bakışları tarayıcı, kaşları gür ve koyu renkliydi. Öyle ki bu kaşlar, her türlü kozmetik izinden yoksun, pürüzsüz ten üzerinde, alnın ortalık yerinden ray gibi dümdüz geçen bir hat oluşturuyorlardı, ha!.. bir de güçlü bir bıyık gölgesi elbet!.. Bütün bunlardan bir rahibeyle karşı karşıya olduğum sonucunu çıkardım, doğrusu buna sevindim, çünkü beni buraya tıktıklarında rahibelerin sivil giyinmelerine izin yoktu, tabii bu sonucu çıkartmamda göğsüne taktığı küçük İsa'lı haçın, boynuna geçirdiği madalyonun ve kemerine doladığı tespihin de yararı olmadı değil. Şimdi de biraz öteki şahsı ele alalım, ya da kapıya en yakın koltukta oturan kişiyi: nasıl desem ki, orta yaşlı bir adam, hem rahibenin yaşına yakın, hem Dr. Sugranes'in, ama bu rastlantının altında birşeyler aramaya kalkışmadım elbet. Hafiften avama çalan yüz çizgilerinin tek özelliği benim tarafımdan tanınıyor olmalarıydı. Daha kavramsal bir kesinlikle konuşmak gerekirse bu çizgiler komiser Flores'e aittiler, hatta bu çizgiler komiser Flores'tiler demek daha doğru olur, bir komiseri çizgileri olmadan düşünemeyeceğimiz gibi, Cinayet Soruşturma Ekibinden hiçbir beşeri varlığı çizgisiz düşünemeyiz. Yıllardır kafasına sürdüğü merhemler, içtiği ilaçlara rağmen tamamen kel olduğunu fark edince ona şöyle dedim:

— Komiser Flores, zaman size dokunmadan geçiyor galiba.

Karşılık olarak, elini o az önce sözünü ettiğim çizgilerinin önünde salladı, sanki:

— Ya sen, iyi misin? demek ister gibiydi.

Bütün bunlar yetmezmiş gibi Dr. Sugranes masasının üzerinde duran enterfonun düğmelerinden birine basarak, kontrol edemediği bir sesle bağırdı:

— Bir Pepsi-Cola getirin Pepita.

Kuşkusuz bu bana !.. Doğrusu bu olayı duyunca bir memnuniyet gülümsemesini tutamadım, ama kendimi kısıtladığımdan bu da bir sırıtma olarak kaldı.

Şimdi artık hiçbir giriş faslına başvurmadan o büroda olup bitenleri anlatacağım.

"Sanırım komiser Flores'i anımsıyorsun, diye söze başladı Dr. Sugranes bana hitap ederek. Seni tutuklamış, sorgulamış, hatta bazen biraz itip kakmıştır, hımmm, hımmm, ruhsal düzensizlik seni toplumdışı davranışlara itiyordu.

Buna olumlu karşılık verdim.

"Tabii bütün bunların şahsıyla bir ilgisi yoktu, bunu sen de iyi bilirsin, düşmanlık yok. Hem zaten bir zamanlar birlikte çalıştığınızı ikiniz de söylemiştiniz, demek istediğim hiçbir çıkar beklemeden ona yardım etmiştin: bu da kanımca eski davranışlarının, birbirine zıt iki karakterinin bir kanıtıdır.

Bunu bir kez daha onayladım, çünkü, zor günlerimde hafif bir hoşgörü ya da bedel karşılığı polis muhbirliği yapmayı hiç de küçümsememişimdir, bu tutumum, yürürlükteki mevzuatla pek arası olmayan meslektaşlarımın kötü niyetlerini kışkırtmışsa da, uzun vadede bana sıkıntıdan çok avantaj sağlamıştır.

Mesleğinde üstün bir konuma gelebilmek için hiyerarşi basamaklarını tırmanmış her kişi gibi büklüm büklüm ve gizemli Sugranes söyleşisini bitirip komisere yöneldi -sözle elbet. Komiser Flores ise gözler yarı kapalı, dudaklarının arasında bir havana, adı geçenin -ben değil havana- faziletleri üzerine kafa yorar gibi, Tıp Âlemi'nin yüce temsilcisini dinliyordu.

"Komiser, dedi doktor, bir yandan konuşup öte yandan beni göstererek, karşınızdaki yepyeni bir adam, ondaki her türlü delilik kalıntısını kökünden temizledik; bu başarıyla, biz doktorların pek övünmemesi gerekir, çünkü çok iyi bildiğiniz gibi, bizim meslek alanımızda, iyileşme büyük ölçüde hastanın isteğinin şiddetine bağlıdır ve ilgilendiğimiz bu vakada, şunu memnuniyetle bildirmeliyim ki hasta (yine beni işaret etti, sanki odada başka hasta varmış gibi) öylesine büyük bir gayret gösterdi ki, davranışını bozuk diye nitelemek ne haddime, onu örnek olarak sergileyebilirim.

Sonunda rahibe de ağzını açtı.

— Doktor, izin verirseniz, bu konunun uzmanı olan size saçma görünebilecek bir soru soracağım: neden bu, hımmm, hımmm, kişi hâlâ burada tutuluyor?

Biraz boğuk, metalik bir sesi vardı. Cümlelerin ağzından baloncuklar gibi çıktığını gördüm, sözcükler dış kılıfını oluşturuyorlardı ama bunlar sesler olarak patlayıp dağıldıklarında ortada sadece hava kalıyordu: anlam.

Bunun üzerine Dr. Sugranes cahillere hitap eder bir tarzda söze girişti:

— Bakın, ilgilendiğimiz durum oldukça karmaşıktır, benzetmeyi hoş görün, ama durum iki arada bir derede. Bu, hımm hımm, şahsı bana adli yetkililer teslim etti ve bir ceza kurumu yerine bir özel sağlık kurumunda kalmasını daha uygun gördüklerini bildirdiler. Bu nedenle onun özgürlüğü yalnızca benim kararıma değil, karma bir karara bağlı. Oysa artık bugün herkes biliyor ki, Yargı'yla Tabipler Odası arasında ister ideolojik nedenlerden, ister yetkili merciler arasındaki körlükten deyin, bir fikir uyumu yok. Aman bu sözler bu odanın dışına çıkmasın!

Epey görmüş geçirmiş bir adam ifadesiyle gülümsedi.

"Eğer yalnızca bana kalmış olsaydı, çoktan çıkış kâğıdına imzamı basardım. Aynı şekilde, eğer bir akıl hastanesine kapatılmamış olsaydı, çoktan şartlı tahliyeyle salıverilmişti. Ama ne yazık ki şimdiki durumda ben bir teklifte bulunmaya kalksam yetkili mahkeme buna karşı bir hüküm verecek. Ya da bunun tam tersi. Ne yapabiliriz?

Dr. Sugranes'in söyledikleri gerçekti. Pek çok kez salıverilmem için bizzat başvurmuş ama her seferinde çözümü imkânsız birtakım hukuksal sorunlara toslamıştım. Bir buçuk yılımı işe yaramaz evrak yığınları içinde geçirmiş, her dilekçem kırmızı "geçersiz" damgasını yiyerek bana geri dönmüş, hiçbir açıklamada da bulunulmamıştı.

Doktor yeterince soluklanmış olmalı ki yine başladı.

"Oysa, belki sizi, değerli komiser ve sizi saygıdeğer başrahibe, buraya getiren bu fırsat sayesinde bu kısırdöngüyü kırabiliriz. Değil mi?

Konuklar gömülmüş oldukları koltuklarından baş sallamakla yetindiler. Doktor devam ediyordu :

"Bu demektir ki ben tıbbi açıdan durumun, hımm hımm, iyiye doğru gittiğini belgelersem ve siz, komiser, kendi cephenizden, benim tanımı, sizin, diyelim idari kanınızla desteklerseniz ve siz, başrahibe, ince davranışınızla, başpiskoposluk sarayındaki bazı kulaklara saygılı birkaç sözcük fısıldarsanız, sorarım sizlere, adli mercilerin elini kim tutar?..

Güzel.

Sanırım artık sevimli okuyucunun şimdiye dek hakkımda öğrendiklerinden dolayı kafasında belirmiş olan kuşkuları dağıtmanın zamanı geldi. Efendim ben, aslında aynı zamanda hem deli, hem serseri, hem de suçlu-yum, daha doğrusu öyle idim. Sokaklardan başka okul, serserilerden başka öğretmenim olmadığından eğitim ve kültürün en berbatına sahiptim. Ama hiçbir budalalığım olmamıştır: düzgün bir cümleden oluşan mücevhere gö-mülü güzel sözcükler belki bir an için gözlerimi kamaş-tırmış, görüşümü bulanıklaştırmış, kafamdaki "gerçek-lik" kavramını bozmuştur, ama bu etkiler hep geçici ol-muştur. Kendimi koruma içgüdüm çok gelişmiş, yaşama bağlılığım çok sıkı ve insan denen yaratık konusundaki deneyimlerim çok acı olduğundan er veya geç beynim-de bir ışık yanmış ve durumu anlamışımdır. Tıpkı şu ta-nığı olduğum konuşmanın daha önceden tasarlanıp, prova edilip, benim kafama birtakım fikirler sokmak için kotarıldığını anladığım gibi. Ama ne? Ömrümün so-nuna dek burada kalmam gerektiği fikri mi?

"...kısacası şu karşımızdaki örneğin ne düzeldiği, ne de uyum sağladığını gösterir, çünkü bu sözcükler suçun varsayımını zorunlu kılmaktadır, (Dr. Sugranes yine ba-na hitap ediyordu, oysa ben kendi düşüncelerime dalıp, bu bitmez tükenmez söylevin bir kısmını kaçırmıştım) işte bu nedenle nefret ederim (psikiyatrın özü kendi ağ-zından konuşuyordu), ama beni iyi anlayın,kendisiyle ve toplumla barışık, karşılıklı bir uyum içinde olmak. Beni anladınız mı? Ah! İşte Pepsi-Cola.

Normal şartlarda, hemşirenin üzerine atılıp, bir elim-le tiril tiril kolalı üniformasının içindeki o şişkin, sulu ar-mutları sıkıp, öbür elimle Pepsi-Cola'yı başıma diktiğim gibi içer, üzerine de bir güzel geğirirdim. Ama bu du-rumda, böyle yapamadım.

Böyle davranamadım çünkü, Dr. Sugranes'in odasını oluşturan bu dört duvar arasında benim hukuki duru-mum hakkında bir şeyler kotarılmakta olduğunu anlıyordum. Girişimin hakkımda hayırlı bir biçimde sonuçlanması amaç olduğundan ben de dikkatli davrandım ve hemşirenin karton bardağa doldurduğu köpüklü, kahverengi sıvıyı aldım. Oysa kız bunu uzatırken sanki "beni iç," der gibiydi, bense kızın izniyle tuvalet deliğinden onu çişini yaparken gözetlediğim günkü manzarayı kafamdan atmaya çalışıyordum. İhtiyatı o kadar ileri götürdüm ki, her zaman yaptığım gibi ağzımı bardağın içine sokmayıp, bir dudağımı dıştan bardağın kenarına, öbür dudağımı da içten bardağın kenarına yerleştirdim ve küçük yudumlarla içtim. Ne gürültü, ne titreme, üstelik koltuk altımdan pis kokular yayılmasın diye kolumu da vücuduma yapışık tutuyordum. Bir süre hareketlerimi tam bir kontrol altında tutarak içtim, ama o arada odada söylenenlerin bir kısmını kaçırdım. Bu keyifli ferahlatıcının verdiği o hoş bulantıya rağmen kulak kesildiğimde şunu duydum:

"Anlaştık o halde ?

— Bence, dedi komiser Flores, şimdilik öyle büyük bir sakınca yok, hımm hımm, hasta teklifi kabule yanaşıyor.

Ben de şartsız onayladım, aslında neyi kabul ettiğimi bilmiyordum, ama bu dünyadaki en büyük güçlerin yani Adalet, Bilim ve Tanrı temsilcilerinin aldıkları karar, benim yararıma olmasa bile, karşı çıkılacak gibi olamazdı.

— Bu kişi, hımm hımm, de söylenenlere katıldığına göre, dedi Dr. Sugranes. Şimdi olan biteni ona anlatmanız için sizleri yalnız bırakıyorum. Ve rahatsız edilmek istemediğinizi de bildiğimden, sizin de daha önce gördüğünüz gibi kapıma yerleştirmiş olduğum şu dâhiyane ışıklı sinyalin nasıl çalıştırılacağını göstereyim. Bakın efendim durum şu, kırmızı düğmeye basarsanız, dışarıdaki kırmızı lamba yanar, bu demektir ki odadakiler kesin olarak rahatsız edilmemeliler. Yeşil ışık bunun tam tersidir. Sarı ışığa gelince, bence bu turuncudur ama haydi trafikte kullanıldığı gibi sarı ışık diyelim, bunun da anlamı içerdeki yalnız kalmayı tercih etmektedir ama çok ivedi bir durumda rahatsız edilebilir, artık burada karar kişiye kalmış. Bu mekanizmayı ilk kez kullanacağınız için, yalnızca yeşil ve kırmızıyla yetinin yeter, böylece kullanmak daha kolay olur. Eğer daha fazla açıklamaya gerek duyuyorsanız bizzat bana veya şu an elinde boş bir şişe tutmakta olan hemşireye başvurabilirsiniz.

Bu sözlerden sonra ayağa kalktı, koltuğuyla kapı arasındaki mesafeyi katetti, kapıyı açtı ve hemşire Pepita eşliğinde dışarı çıktı. Aslında bu ikisinin arasında bir şeyler olduğundan kuşkulanıyorum, saatlerce gidiş gelişlerini gözetlememe ve suçluları sinirlendirip hata yapmaya yöneltmek amacıyla doktorun karısına gönderdiğim çeşitli imzasız mektuba rağmen bunları iş üstünde yakalamam kısmet olmadı.

Şu bulunduğum konumda, aslında normal bir insanın yapacağı gibi ışıklı düğmeyle oynayacağıma, akıllanmamın bir kanıtı olarak düğmeyle oynamayı komiser Flores'e bıraktım. Komiser o işi gördükten sonra gelip yerine oturdu ve bana dönerek konuştu:

— Altı yıl önce, lazarist sörlerin yönettiği Saint-Gervais yatılı okulunda cereyan eden garip olayı bilmem anımsar mısın? Biraz zihnini yokla hele !..

Hiç zorlamadım çünkü bu olaydan anı olarak ağzımın ortalık yerinde bir boşluk kalmıştı, komiser Flores'in armağanı. Adam, bir köpekdişimi söküvermişti, sanki dişsiz kalınca istediği bilgiyi verebilirmişim gibi. İşin kötü tarafı aradığı bilgi bende yoktu, olsaydı bugün dişim de yerinde olurdu, dişbilim erişemeyeceğim bir uzaklıkta olduğundan böyle dişsiz gezmek zorunda kaldım. O devirdeki olaya ait bilgilerim pek zayıf olduğundan, sıkı bir biçimde işbirliğine girebilmek için ondan olayın tüm ayrıntılarını bana iletmesini rica ettim. Bütün bunları dudaklarım sımsıkı kapalı bir biçimde ona aktardım, çünkü ağzımdaki boşluğu görüp, aynı yöntemlere başvursun istemiyordum. Komiser, hemen hiç ağzını açmamış olmasına rağmen varlığı yadsınamayan rahibeye dönüp, bir havana purosu içip içemeyeceğini sordu. İzin alır almaz koltuğuna gömüldü ve ağız ve burnundan halka halka dumanlar savurarak ikinci bölümün esasını oluşturacak öyküyü anlatmaya girişti.

II

Komiserin Anlatısı

— Lazarist sörlerin yönettiği okulu kuşkusuz bilirsin, diye başladı, -bir yandan da havana purosunun parasının nasıl duman olup uçtuğunu izliyordu- aristokratik Saint-Gervais semtinin özelliklerinden olan yılan gibi kıvrılan, sakin, dik patikalardan birinin yamacındadır. Oralara da eski rağbet kalmadı artık. Okul yöneticileri, Barselona'nın en iyi ailelerinin kızlarını eğitmekle övünürler. Amaç bol para toplamak elbet. Muhterem başrahibe, yanılıyorsam beni düzeltin lütfen. Lisede sadece kızlar var elbet ve hepsi yatılı. Tabloya son bir ekleme yapayım, öğrencilerin hepsi yeni belirmekte olan çıkıntılarını göstermeyecek biçimde dikilmiş gri bir üniforma giyerler. Aşılmaz bir iffet halesi kurumu kuşatmıştır. Beni izliyor musun?

Bir kez daha, evet, dedim, ama kuşkularım dağılmamıştı: aslında olayın çetrefil kısmını duymak istiyordum, ha şimdi çıkacak diye boyuna umutlanıyordum, ama bir türlü gelmiyordu.

"Ama yine de, diye devam etti komiser Flores, altı yıl önce yani 1971'de, 7 Nisan sabahı bu küçükhanımların uyanmış, yıkanmış, taranmış, giyinmiş, ayine katılmaya hazır olduklarını denetlemekle görevli kişi, kızlardan birinin mevcut olmadığını görür. Arkadaşlarına sorar, bir karşılık alamaz. Yatakhaneye gider, bakar ki yatak boş. Yıkandıkları yeri araştırır, binanın en kıyı bucak köşesine kadar girer çıkar, boşuna. Bir öğrenci hiç iz bırakmadan yok olmuştur. Kişisel eşyalarından bir tek o gün sırtında olan giysi eksiktir, yani geceliği. Başucundaki dolapta kol saatini, kültive inci küpelerini ve rahibelerin işlettiği kantinden şeker alabilmek için yanına aldığı harçlığını bulurlar. Kaygıya kapılan öğretmen hemen koşup başrahibeye olayı bildirir, çok geçmeden tüm manastır bu haberle çalkanır. Yeni bir araştırmaya girişilir, yine aynı. Saat 10'a doğru kaybolan kızın ailesine haber verilir ve kısa bir fısıldaşmadan sonra olayı polisin ellerine bırakırlar. Bak, o eller önünde, hani senin dişini de sökmüşlerdi.

"O Franco sonrasına hazırlık döneminde emniyet güçlerinin belirgin özelliği olan bir çabuklukta olay yerine ulaştım, okulda gerekli gördüğüm herkesi sorguladım, sonra komiserliğe dönüp bana birkaç muhbir toplamalarını emrettim, işte bunların arasında, kıytırık bir özel hafiye olan sen de vardın, büyük bir ustalıkla bildikleri her şeyi ağızlarından aldım. Akşam olurken, maalesef olayın akla yakın hiçbir açıklaması olamayacağı sonucuna varmıştım. Nasıl olur da bir kız çocuğu, gecenin ortalık yerinde kalkar ve hiçbir arkadaşını uyandırmadan yatakhanenin kapısını zorlayabilirdi ? Yatakhaneyle park arasındaki, yanılmıyorsam dört, ilk kattaki hela kapısını da katarak beş kapalı kapıdan nasıl geçebilirdi ? O karanlıkta nasıl olur da çiçekleri ezmeden, toprakta iz bırakmadan, daha da garibi, rahibelerin son duadan sonra salıverdikleri iki köpeğe kendini fark ettirmeden bahçeden geçebilirdi ? Uçları sivri demirler taşıyan dört metrelik parmaklığı ya da cam kırıkları ve dikenli tellerle kaplı, aynı yükseklikteki duvarları nasıl aşabilirdi?

— Nasıl? diye soruverdim, merakım son kerteye varmıştı.

— Bilinmez! diye cevap verdi komiser, havanasının külünü halıya silkerek. (Daha önce de belirttiğim gibi ayaklı tabla odadan çıkarılmıştı ve Dr. Sugranes sigara içmezdi.) Ama iş o kadarla da kalmadı, yoksa bu uzun girişi yapmama gerek kalmazdı. Soruşturmalarım henüz başlamıştı ve bir çıkmaza girmek üzereydi ki başrahibe beni telefonla aradı: burada gördüğün değil (parmağıyla hâlâ ağzını açmamış olan rahibeyi işaret etti) daha yaşlı, söylemesi ayıptır biraz alıksı biriydi. Benden okula gelmemi istedi: mutlaka benimle konuşmalıymış. Ha, söylemeyi unuttum, olay kızın kayboluşunu izleyen günün sabahı cereyan etti. Anlaşıldı mı? Güzel. Dediğim gibi hemen devriye arabasına atladım, düdüğü çalıştırdım ve pencereden tehdit dolu yumruğumu sallayarak Layetana caddesiyle Saint-Gervais arasını yarım saatte aldım. Epey de trafik vardı.

Başrahibenin odasında, nazik ve varlıklı görünüşlü bir çift vardı, ısrarım üzerine tanıştırıldım, kaybolan kızın anne ve babasıymışlar. Durumlarının kendilerine tanıdığı o rahat havayla derhal araştırmalarımı kesmemi istediler, kimse kendisine bir şey sormamış olmasına rağmen başrahibe de gayet enerjik bir biçimde onlara katıldı. Kafamdan, herhalde kızı kaçıranlar binbir tehditle bu zavallılardan böyle davranmalarını istedi, diye geçirdim, ama böyle şartların asla kabul edilmemesi gerektiğinden, ben de onlardan tutumlarını değiştirmelerini rica ettim. Kızın babası, sadece Ekselanslarıyla uzak akraba olmanın verebileceği ukalaca bir üstünlük numarasıyla: "Siz kendi işinize bakın, benim işimi bana bı-

23

rakın," dedi. Böyle davranırsanız yavrunuza asla kavuşamazsınız, diye kesin bir şekilde karşılık verip geri geri kapıya gitmeye başladım. Baba sözünü sürdürdü: "Çocuğu bulduk. Yarım kalan işlerinize dönebilirsiniz." Ben de dediğini yaptım.

— Bir soru sorabilir miyim sayın komiser?

— Duruma bağlı, diye cevap verdi komiser hafif toparlanarak. .

— Kaybolan kız kaç yaşındaydı?

Komiser Flores kaşları çatılan rahibeye bir göz attı. Gırtlaığını temizledi ve konuştu:

— On dört.

— Teşekkürler, sayın komiser. Şimdi buyrun devam edin.

— Olayın daha açık seçik anlaşılabilmesi için muhterem başrahibeden devam etmelerini isteyeceğim.

Kadın öyle bir telaşla söze girişti ki, zavallının çoktandır konuşmak isteyip de fırsat bulamadığı kanısına vardım.

— Topladığım bilgilere göre, çünkü şu konuştuğunuz olayla ilgili bilgileri doğrudan edinememiştim -o dönemde ben Albacete eyaletinde çok yaşlı veya çok genç rahibeler için bir huzurevi yönetiyordum- soruşturmanın başlangıcında kesilmesi kararı, terim polemiğe açık bir sürü yan anlam taşımasa soruşturmanın düşürülmesi de diyebilirdim, kızın ailesinden çıktı, bu istek önce o dönemdeki başrahibeye çarptı, son derece yetenekli ve yüksek karakterli bu kadın, genç öğrencinin durumu ve okulun şöhretinden kaygı duyuyor ve bunları tek ve aynı bütünün parçaları olarak görüyordu. Ama bütün bu direnmeleri kızın ailesinin kararlılığı karşısında boşa çıktı. Ana baba ayrıca Yoksulların Noel'i, Fakir Kızların Çeyiz Sandığı, Kurucunun Günü, ki bunu gelecek hafta kutlayacağız, gibi vesilelerle her yıl kurumumuza yaptıkları yardımların tutarını da kafamıza kakmayı unutmadılar.

"Endişelerini kalbine gömen başrahibe isteklerine boyun eğdi ve öğrenci ve görevlilere olup bitenlerden söz etmeyi yasakladı.

— Sözünüzü kestiğim için özür dilerim hemşire, dedim. Ama aydınlatılmak istediğim bir nokta var: kız gerçekten tekrar ortaya çıkmış mıydı?

Rahibe tam karşılık verecekti ki çan sesleri ona saati anımsattı.

— Öğlen olmuş. Bir köşeye çekilip öğle duasını etsem rahatsız olmazsınız herhalde.

Bir bu eksikti, dedik.

— Puronuzu söndürmenizi rica edeceğim, dedi rahibe komisere.

Sonra etrafla ilişkisini kesip bir iki dua mırıldandı ve bitirdi.

— Puronuzu yakabilirsiniz. Ne öğrenmek istiyordunuz?

— Kız ortaya çıktı mı?

— Ah!.. Doğru ya!..(ara sıra rahibenin telaffuzundan ne kadar yoksul mahallelerden gelme olduğu anlaşılıyordu)... İkinci günün sabahı, manastır sakinleri, bir önceki geceyi Carmel bakiresinden mucizevi bir müdahale dileyerek geçirmişlerdi, unutmadan söyleyeyim, satın almak isteyen olursa okunmuş madalyonlarım da var, çocuklar büyük bir şaşkınlıkla kaybolan arkadaşlarının kendi yatağında yatmakta olduğunu gördüler: kız ötekilerle birlikte kalkmış, yıkanmış, taranmış, sonra giyinip sanki anormal hiçbir şey olmamış gibi küçük kilisenin kapısında sıraya girmiş. Kurallara saygı gösteren arkadaşları ağızlarını açmamışlar. Ama kızların yataktan kalkıp, yıkanıp, taranıp, giyinip, kutsal ayine katılmaya hazır olup olmadıklarını kontrolle görevli kimse -ya da gözetmen çünkü bu saydığımız işlerin yapılıp yapılmadığını gözlemekle görevli kimseye bu ad verilir-, her neyse işte o kadın çenesini tutamamış. Kızı kolundan, belki de kulağındandır, tuttuğu gibi hemen başrahibenin odasına koşmuş, ah o olgun kişi gözlerine kulaklarına inanmak istememiş, her şeyi kızın ağzından duymak istediğini belirtmiş, ama kız soruların hiçbirine karşılık verememiş. Çünkü neden söz edildiğini anlayamıyormuş. Genç kızlarla ilişki konusunda derin tecrübe sahibi ve genelde insan doğası hakkında önemli bilgi sahibi olan başrahibe kızın yalan söylemediğine inanmış, ama geçici bir bellek kaybı olayıyla da karşı karşıya olmadığı kanısına varmış. Geriye tek çare olarak kızın ana babasını çağırıp onlara olup biteni anlatmak kalmış. Onlar da bir telaş okula koşuvermişler, kızlarıyla odaya kapanıp oldukça hareketli ama gizli bir görüşme yapmışlar ve sonunda olayın kapanmış olduğu konusundaki fikirlerini beyan edip bu kararlarını haklı gösterecek hiçbir açıklamada da bulunmamışlar. Başrahibe bu isteğe boyun eğmiş ama, olan bitenden sonra aileden kızlarını okuldan almaları ricasında bulunmak zorunda kalmış, kızı tekrar okula almak da söz konusu olamazmış. Aileye yardım olsun diye, az geri zekâlı veya ıslah olmaz derecede yaramaz çocukları transfer ettiğimiz laik bir okulun adını vermiş. Böylece kayıp kız olayı da kapanmış.

Kadın sustu. Dr. Sugranes'in odasına ani bir sessizlik çökmüştü. Hepsi bu kadar mı, diye soruyordum kendi kendime. Ama iki adet sorumluluk sahibi, aklı başında kişinin bana böyle bir öyküyü anlatmak için, bunca zaman ve tükürük harcamaları da mantıksız geliyordu. Tekrar konuşmaları için onları cesaretlendirmek istedim ama herhalde pek kötü bakmış olacağım ki rahibe bir çığlık attı, komiser de purosunun kalanını camdan fırlattı. Sıkıntılı bir dakika daha geçti, o arada puro çıktığı camdan uçarak geri geldi, kuşkusuz delilerden biri bunun bir test olduğunu sanıp geri atmakla olumlu bir iş yapacağını ve belki de serbest bırakılacağını sanmıştı.

Puro eğlencesi bitip, komiserle rahibe birbirlerine anlamlı bakışlar fırlattıktan sonra, adam öylesine alçak sesle konuştu ki, bir şeyler duyabilmek mutluluğuna eremedim. Tekrarlamasını rica ettim, eğer gerçekten ricamı kırmadıysa şöyle konuştu:

— Aynı olay tekrarlandı.

— Neymiş tekrarlanan? diye sordum.

— Bir kız daha kayboldu.

— Bir başkası mı yoksa aynı kız mı?

— Başkası, budala! Birinci kızın okuldan atıldığını söylemediler mi?

— Peki ne zaman olmuş?

— Dün akşam.

— Hangi şartlarda?

— Şartlar aynı da, olaya katılanlar farklı: kaybolan kız, arkadaşları, gözetmen hanım, madem adı oymuş ve başrahibe, onun hakkındaki kötü düşüncelerim değişmedi.

— Ya çocuğun ailesi?

— Ve çocuğun ailesi besbelli.

— Neden besbelli olsun. Bu kez, ilk kaybolan kızın kız kardeşi kaybolabilirdi.

Komiser gururuna indirilen darbeye ses çıkaramadı.

— Olabilirdi ama değil, demekle yetindi. Buna karşılık, olay ya da olaylardan, aslında birbirinin eşi iki bölüm karşısındayız, eğer ikiyseler, kötü bir koku yükseliyor. Söylemesi gereksiz, aslında kaygılıyız, ben ve şu gördüğünüz saygıdeğer kişi bu sırların bir an önce ve iyi bir şekilde ve şurada temsil etmekte olduğumuz kurumların yöneticilerine hiç leke bulaştırılmadan çözülmesini istiyoruz. Bunun için, toplumumuzun yüzkarası çevrelerini iyi bilen, adına atılacak çamur başkalarına sıçramayacak olan, yerimize bu işi halledebilecek yetenekte ve sırası geldiğinde kolayca başımızdan defedebileceğimiz birine ihtiyacımız var. Bu kişinin sen olduğunu söylersek pek şaşırmazsın herhalde. Sessiz ve etkin bir çalışmanın ne biçim avantajlar sağlayabileceğini sana hissettirdik sanırım. Kazara ya da bile bile yapılabilecek bir hatanın sonuçlarını da artık senin hayal gücüne bırakıyorum. Kaybolan kızın ailesine ve okula uzaktan bile yaklaşmayacaksın, güvenlik açısından kızın adını bile vermiyoruz. Elde edeceğin her bilgi çabucak bana, yalnız bana ulaşacak; keyfime göre sana önereceğim ya da emredeceğim girişimlerden başka hiçbir girişimde bulunmayacaksın: yukarıda saydığım usulden her uzaklaşışının bedelini kapılacağım öfkemle ödeyeceksin, bilirsin öfkemi nasıl dağıtırım. Anlaşıldı mı ?

Benden karşılık beklenmeyen bu kepazece azarlamayla görüşmenin doruklarına ulaşıldığı anlaşıldığından komiser bir kez daha ışıklı sinyal düğmesine bastı ve Dr. Sugranes odada bitiverdi. Adamın boş vakitten yararlanarak hemşireyle bir şeyler çevirdiğinden emindim.

— Her şey hazır doktor, diye beyanda bulundu komiser. Bu, bu, hımm hımm, inciyi beraberimizde götürüyoruz, istenen zamanda, böylesine ilginç bir psikopatik tecrübenin sonuçlarını size ileteceğiz. Bu soylu işbirliğinize teşekkürlerimizi sunar, sağlıklar dileriz. Sağır mı oldun sen ? (Bu sözcüklerin Dr. Sugranes'e değil de bana yöneltildiklerini söylemeye gerek yok.) Görmüyor musun, gidiyoruz !..

Bana, gariban işi pılı pırtımı toplamaya bile vakit bırakmadan, yola çıkıldı, aslında eşyalarım önemsizdi, ama duş yapamadığıma üzülüyordum, çünkü çok geçmeden devriye arabasının içi benim leş kokumla dolmuştu, siren sesi, klakson gürültüsü arasında sarsıla sarsıla yola çıkıp bir saate kalmadan şehrin merkezine vardık ve bu bölüm de böylece bitti.

III

Bir Kavuşma, Bir Rastlantı ve Bir Yolculuk

Tam şaşkın şaşkın beş yıldır beni uzak tuttukları Barselona'nın kalabalığını seyre dalmıştım ki, Canaletas çeşmesinin önünden geçerken kıçıma bir tekme atıp beni arabadan dışarı fırlattılar, ben de hemen çeşmenin klorlu sularını avuç avuç içmeye koyuldum. Sanırım burada kendime dönük bir parantez açıp hareket özgürlüğüne kavuştuğum andaki ilk duygumun, sevinç olduğunu belirtmeliyim. Bu gözlemimi de yaptıktan sonra cümle korkular ve kaygılar kafama üşüşmekte gecikmediler. Ne dostum, ne param, ne evim, ne de sırtımdaki pis ve eski hastane giysilerinden başka giyeceğim vardı, buna karşılık tehlike ve tuzaklarla dolu bir görevi yerine getirmek zorundaydım.

Vakit akşama yaklaşıyordu ve ben sabah kahvaltısından beri bir şey yememiştim, ilk görevimin bir şeyler tıkınmak olduğu kararına vardım. Çevredeki kâğıt sepetlerini ve çöp tenekelerini karıştırdım: yarım boy bir sandviç, ya da üzerindeki kâğıtta yazılı adıyla bir Francoft Sandviç'i buldum. Kuşkusuz midesi kalkan biri atıvermişti, ekşi tadına ve vıcık vıcıklığına rağmen hapır hupur yuttum. Gücümü toparladıktan sonra Ramblas'tan aşağı yürümeye başladım: bir yandan kaldırımlara yayılmış ıvır zıvır ticaretinin pitoresk görüntüsünü izliyor, öte yandan da karanlığa bakılırsa çok gecikmeyecek geceyi bekliyordum.

Hedefime ulaştığımda Çin mahallesinin orospu barları fıkır fıkırdı. Robador sokağının köşesinde, asıl adı Leashes American Bar olup müdavimlerinin El Leches dedikleri adi bir batakhane. İlk temasım orada gerçekleşecekti (daha sonra görüleceği üzere ilk ve en güvenilir temas). Gölgem kapı aralığına henüz düşmüş, gözlerim kör karanlığa henüz alışmıştı ki, masaların birindeki saçları sarı, etleri yeşilimsi kadını fark ettim. Sırtı bana dönük olduğundan varlığımı fark etmedi, otobüs biletçisi ya da başka kıytırık memurları emmeye alışık karıların tavrıyla düz bir kürdanla kulaklarını karıştırıyordu. Beni görür görmez ayağa fırladı, pörsük derisi, gözkapaklarına yapışmış kirpikleriyle, içinde bir alay çürük dişin varlığını sezebildiğim ağzını olanca yırtıklığıyla açtı.

— Merhaba Candida, dedim.

Kız kardeşimin adı buydu ve kendisi şu an karşımda duruyordu.

"Görüşmeyeli epey oldu.

Ve bunları söylerken acı bir gülümseme takınmak zorunda kaldım. Yılların ve yaşamın suratında oluşturduğu harabe görüntüsü, acıma dolu gözyaşlarımın fışkırmasına neden oldu. Biri, kimbilir kim, henüz genç kızken kardeşime Juanita Reina'ya benzediğini söylemiş, zavallı da buna inanmıştı, otuz yıl sonra hâlâ bu hayale sımsıkı yapışmış sürdürüyordu yaşamını. Aslında bunun hiçbir gerçek yanı yoktu. Eğer belleğim beni yanıltmıyorsa Juanita Reina, balıketinde tipik bir İspanyol kadınıydı; maalesef kız kardeşimin hiçbir benzerliği yoktu. Tam tersine, üzerinde yumrular olan bombeli bir alnı, kafası bir şeye takıldığında şaşılaşan küçücük gözleri, domuz gibi yayvan bir burnu, içinde eğri büğrü, sarı, fırlak dişler olan çarpık bir ağzı vardı. Vücuduna gelince, lafı bile edilmez, doğumunun izlerini taşırdı. Anam bir hırdavatçı dükkânının arka odasında onu düşürmeye çalışırken pat diye doğuvermişti. Kısa ve çarpık bacaklarıyla oransız yamuk bir vücudu vardı. Bu da ona büyümüş bir cüce havası verirdi, bunu en iyi, sanatçılara has duygusuzluğuyla bir fotoğrafçı ifade etmiş, ilk komünyon hatırası çektirmek için gittiklerinde, adam objektifinin şanını lekeleyeceği gerekçesiyle kızın resmini çekmeyi reddetmişti.

— Her zamankinden daha genç ve güzelsin.

O da bana hoş geldin olarak:

— Sıçtırma kafana. Tımarhaneden mi kaçtın? dedi.

— Yanılıyorsun Candida. Beni bıraktılar. Oturabilir miyim?

— Hayır.

— Söylediğim gibi, bugün öğleden sonra beni serbest bıraktılar ve ben de kendi kendime sordum: ilk nereye gideceksin, gönlün en çok kimi çekiyor?

— Ve ben de seni ölene dek bırakmasınlar diye Santa Rosa'ya mum adamıştım.

Bir iç çekiş.

"Yemek yedin mi? İstersen tezgâha yaklaş, bir sandviç ısmarla, söyle benim hesabıma yazsınlar. Şunu hemen bilmelisin, sana tek kuruş vermeye niyetim yok.

O lanet tavrına rağmen kız kardeşim beni severdi. Onca arzulayıp, asla sahip olamayacağı bir oğul yerine koyardı beni belki de. Gerek doğuştan olma bir sakatlık, gerekse hayatın cilveleri nedeniyle dalağı, kalınbağırsağı ve dölyatağını birbirine doğrudan bağlayan birtakım boşluklar nedeniyle, organik işlevleri önlenemez, yönetilemez bir curcunaya dönüştüğünden ana olma ihtimali suya düşmüştü.

— Senden para isteyen kim Candida?

— Korkunç görünüyorsun.

— Futbol maçından sonra yıkanamadım.

— Yalnız kokuyu kastetmedim.

Bir an durdu, uçarı gençliğimizin çürüdüğü yılların acımasız akışını düşünüyor, diye yorumladım bu sessizliği.

— Bana bak, şu pis numaralarını gidip başkalarına döktürmeden önce sorumu cevapla: madem para istemiyorsun, neden bana geldin?

— Önce senin nasıl olduğunu görmek istedim. Ve çok iyi bir durumda olduğunu gördükten sonra senden küçük bir yardım, yardım da denmez ya, bir iyilik istemeye karar verdim.

Ucuz takılarının bıraktığı kara izler ve nikotin lekeleriyle dolu tombul elini sallayarak karşılık verdi.

— Güle güle...

— Küçücük bir bilgicik, sana hiçbir şeye mal olmayacak ama bana epey yararlı olabilir. Bir havadis, daha doğrusu zararsız bir dedikodu.

— Yine o komiser Flores denilen herife bulaştın, değil mi?

— Hayır güzelim. Bunu da nereden çıkardın? Basit bir merak... Hani şu Saint-Gervais okulundaki kızcağız, adı neydi onun? Gazeteler yazdı. İki gün önce kaybolan... Kimden söz ettiğimi anlıyorsun ya?

— Hiçbir şey bilmiyorum, zaten bilsem de söylemezdim. Pis bir hikâye. Flores de karışmış mı?

— Buraya kadar. Elimi, heyhat, arasına bir iki tel beyazın karışmış olduğu kirpi gibi saçlarıma götürdüm.

— Desene, bana anlattıklarından da beter bu olay. Sen bundan ne kazanacaksın?

— Özgürlük.

— Tımarhanene dön: tepende bir dam, altında yatak, günde üç öğün yemek. Daha ne istiyorsun? Makyaj tabakası, yüzünden yansıyan endişeyi örtemiyordu.

— Bırak da şansımı deneyeyim.

— Senin şansın bana vız gelir tırıs gider. Çirkefe taş atmak istemem. Sakın, bu sefer başka, demeye kalkma. Doğduğundan beri bana beladan başka bir şey getirmedin. Yetti artık bu musibetlikler! Derhal toz ol. Hem, bir müşteri bekliyorum.

— Sende bu albeni varken müşterisiz kalmazsın; bunları söylerken kız kardeşimin iltifatlara ne kadar zaafı olduğunu biliyordum, kimbilir belki de yaşam ona çok acımasız davrandığı içindir.

Bu tür aksiliklerin insanı çok etkilediği dokuz yaşlarında, herkese açık Milli Radyo Yardım Kampanyası Programına katılabilmek için Saint Raphael Huzurevindeki yarı kör ihtiyarlara devasa kalçalarını satarak -ki onlar da kucaklarındaki bu kalçaların bitişikteki Pedralbes kışlasından uysal ve yoksul bir askere ait olduğunu sanıyorlardı- binbir zahmetle topladığı paracıklara rağmen; altı ay boyunca yorucu çalışmalarla ezberlediği Marie de la Misericord'u radyoda söylemesini çirkinliği nedeniyle engellemişlerdi.

Israr ettim:

— Bana hiç yol gösteremez misin meleğim?

Aslında şu bulunduğumuz noktada bana ne yol, ne de herhangi bir iz gösteremeyeceğine emindim, ama zaman kazanmak istiyordum, eğer gerçekten bir müşteri bekliyorsa, benden bir an önce kurtulmak telaşıyla konuşabilirdi. Ağırdan aldım, kâh yalvarma, kâh tehditle

34

vakit öldürüyordum. Kız kardeşim sinirlendi ve içki niyetine yudumladığı "Cacaolat on the Rocks"ı pantolonuma döktü. Bundan müşterisinin geldiği sonucuna vardım. Kimmiş, diye dönüp baktım.

Kız kardeşimin müşterileri arasında pek ender rastlanabilecek genç ve yapılı bir herifti, hafif göbeklenmiş bir boğa güreşçisini andırıyordu. Zarif suratına bakılırsa Kubala'yla Bella Dorita'nın piçi olabilirdi. Çapkın havası ve bizim iklime uymayan giysilerine bakılırsa denizci olabilirdi. Saman sarısı saçları ve açık renk gözleriyle, bir yabancı, muhtemelen İsveçliydi. Zaten kardeşimin müşterilerini denizcilerden seçmek gibi bir merakı vardı. Uzak ülkelerden gelen bu insanlar zavallı Candida'yı egzotik bulurlar, aslında onun sadece bir umacı olduğunu fark etmezlerdi.

Kardeşim, ayağa kalkmış, bal şeker kesilmiş, kendisini uzaklaştırmak için denizcinin savurduğu yumruklara aldırmaksızın adama siftiniyordu. Önüme çıkıveren fırsattan yararlanmaya karar verip, yeni gelenin kemikli omuzunu avuçlayıp, en kibar tavrımı takındım.

— *Me,* diye söze başladım, kullanmaya kullanmaya hafif paslanmış İngilizcemle, *Candida sister, Candida, me sister. Big Fart. No, no, big fuck. Strong. Not expensive.* Ha ?

Denizci son derece sevimsiz bir biçimde:

— Kapa gaganı, Richard Burton, dedi.

Namussuz İspanyolcayı iyi konuşuyordu. Hafif bir Aragon aksanı bile vardı, bir İsveçli için büyük başarı.

Kız kardeşim bana doğru birtakım işaretler yapıyordu, onları da şöyle yorumladım: çekil yoksa tırnaklarımla suratını lime lime ederim. Çaresizdim. Kibar bir şekilde mutlu çiftten izin isteyip sokaklara düştüm.

Başlangıç pek yüreklendirici olmamıştı. Ama zaten

hangi başlangıç iyidir ki ? Umutsuzluğa kapılmayıp, geceyi geçirecek bir yer aramaya karar verdim. Pek çok ucuz pansiyon biliyordum, ama ne yazık ki hiç parasız kalabileceğim bir yer yoktu. Şansımı metroda denemek üzere Catalunya meydanına gitmeyi seçtim. Hava kapalıydı. Uzaktan uzağa gök gürültüleri duyuluyordu.

Eğlence yerlerinin kapanış saatlerine denk geldiğinden istasyon cıvıl cıvıldı. Usulca perona sızıverdim. İlk kalkan metronun birinci sınıf vagonuna girip, bir bankoya uzandım ve uyumaya çalıştım. Provenza'da bir iki çakırkeyf serseri binip, benimle eğlenmeye çalıştılar. Alık numarasına yatıp, itip kakmalarına ses çıkarmadım. Tres Torres'de indiklerinde geride bir kol saati, iki tükenmez-kalem ve bir cüzdan bırakmışlardı. Cüzdandan bir kimlik, bir sürücü ehliyeti, bir kız fotoğrafı ve birkaç kredi kartı çıktı. İçindekilerle birlikte cüzdanı yola atıverdim. Sahibine ders olsun. Saat ve kalemleri sakladım, bunlar sayesinde bir oda bulabilecek, çarşaflar arasında uyuyabilecek ve nihayet bir güzel duş yapabilecektim.

Bu arada metro da son istasyona gelmişti. Saint-Gervais'den pek uzakta olmadığını fark ettim. Komiser Flores'in ısrarla tekrarladığı uyarılarına rağmen, civarda biraz dolanmanın hiç de fena olmayacağını düşünüyordum. Sokağa çıktığımda inceden bir yağmur başlamıştı. Kâğıt sepetinde bulduğum *Vanguardia'* yı şemsiye niyetine kullanmaya başladım.

Barselona'yı iyi bildiğimi iddia etmeme rağmen okulu bulana dek iki kez yolumu kaybettim. Beş yıldır kapalı olmam yön bulma yeteneğimi köreltmişti. Parmaklağın önüne geldiğimde sırılsıklamdım, komiserin tarifinin epey gerçekçi olduğunu fark ettim. Hem söz konusu parmaklık, hem de duvarlar her türlü saldırıyı önleyecek biçimdeydi, yine de sokağın iniş oluşu, duvarın yüksekliğini arazinin arka kısmından daha alçakta bırakıyordu. Sonunda olan oldu: benim sinsice dolanmalarım birilerinin gözünden kaçmamıştı. Komiserin sözünü ettiği iki it, parmaklıkların arasından o korkunç çenelerini uzatıyor ve bilimin boş yere çözmeye çalıştığı hayvan dilinde belki de küfür ve kışkırtma anlamına gelecek homurtular savuruyorlardı. Bahçenin tam ortalık yerindeki bina büyük ve hızlı yağmur ve karanlığın mimarlık konusunda hüküm savurmasına izin verdiği ölçüde çirkindi. Birkaç pencerenin dışında -herhalde kiliseye ait olanlar- kalan camlar daracıktı. Ama uzaklık nedeniyle, bu pencerelerden ince uzun bir vücudun geçip geçemeyeceğini kestiremiyordum: henüz âdet görmemiş bir kızcağızın ya da benim vücudumun örneğin. Gördüğüm iki bacadan ufak tefek biri geçebilirdi, eğer o bacalar yanına yaklaşılamayacak bir çatının üstünde olmasalardı.

Komşu evler de bahçelerin, koruların ortalık yerlerine kuruluvermiş derebeylik kuleleriydi. Hepsini kafama yazıp, dinlenme zamanımın geldiğine karar verdim.

IV

Bir İsveç Envanteri

Saatin ilerlemiş olmasına rağmen Ramblas kahveleri tıklım tıklımdı. Bardaktan boşanırcasına yağan yağmur sonucu kaldırımlar için aynı şey söylenemezdi. Şehrin beş yıl içinde pek değişmemiş olduğunu görmek içimi rahatlattı.

Gitmekte olduğum pansiyon, Tapias sokağının köşesine rahatça kurulmuş, konforlu, her odasında bide bulunan Cupidon Oteli'ydi.

Gıcırtılı horultularla uyuyan görevli öfkeyle sıçradı. Tek gözlü, küfürbazın tekiydi. Hiç gevelemeden saatle kalem karşılığı bana üç geceliğine bir oda verdi. Karşı çıkmalarıma, siyasal istikrarsızlık sonucu turist akınının hafiflediğini ve bu nedenle özel sektör yatırımlarının azaldığını ileri sürdü. Ben de karşılık olarak, otel endüstrisini etkileyen bu faktörlerin saat ve tükenmezkalem endüstrisi için de geçerli olduğunu savundum. Tek göz, üç geceden fazla vermem, işine gelirse, diye kestirip attı. Sömürülmeyi sineye çekmekten başka çarem kalmamıştı. Kaderin bana sunduğu bu sidik kokulu oda bir domuz ahırıydı. Çarşaflar öylesine pisti ki güçbela birbirinden ayırabildim ve yastığın altında yırtık bir çorap buldum. Müşterek banyo havuza dönmüştü, tuvalet-

38

ler ve lavabo tıkalıydı; üstelik bu sonuncusunun içinde sineklerin pek hevesle üşüştükleri vıcık vıcık, pırıltılı bir şey yüzüyordu. Duş yapmaktan vazgeçip odama döndüm. İncecik duvarların ardından tıksırıklar, solumalar ve tek tük osuruklar duyuluyordu. Kendi kendime, bir gün zengin olursam tek yıldızlı otelden aşağısında kalmayacağıma söz verdim. Yatağımın üzerinde koşuşan hamamböceklerini avlarken, tımarhanedeki sağlıklı hücremi düşünmekten kendimi alamadım ve itiraf edeyim orayı özlediğimi hissettim. Ama ne derler, özgürlükten büyük servet olmazmış, şimdi tam bundan doyasıya yararlanırken olayı küçümsemenin anlamı yok. İşte bu teselli edici fikirle yatağıma girip, istediğim saatte uyanabilmek için kendimi şartlandırarak uyumaya çalıştım: çünkü bilinçaltı, çocukluğumuzun doğasını bozar, bağlılıklarımızın biçimini değiştirir, unutmak istediklerimizi anımsatır, içinde bulunduğumuz şartların aşağılık taraflarını kafamıza vurur, kısacası yaşamı bize zehir eder, ama belki de bunları telafi amacıyla istediğimiz saatte uyanabilmemiz için çalar saat görevi yapar.

Tam uykuya dalıyordum ki güm güm kapıma vuruldu. Neyse ki bir sürgü vardı ve ben yatmadan önce bunu itmek gibi bir önlem almıştım. Bu nedenle meçhul ziyaretçim, niyeti ne olursa olsun içeri girmeden önce kapıyı çalmak zorundaydı. Kimsin diye seslendim, olur a belki de bana hizmetlerini sunmak isteyen bir ibnedir ve de paralıdır. Pek de yabancım olmayan bir ses karşılık verdi:

— Bırak gireyim. Ben senin kız kardeşinin nişanlısıyım, o eciş bücüş karının.

Kapıyı araladım: gerçekten de gelen, birkaç saat önce kız kardeşimin yanında gördüğüm iri yapılı İsveçli kabadayıydı; ama bu kez o güçlü çenesini az önce süsleyen sarı sakalı yoktu - aslında belki hiç sakalı olmamıştı, kendimi iyi bir gözlemci sanmama rağmen bazen bu tür ayrıntıyı fark edemediğim de olurdu. Giysileri berbat bir vaziyetteydi.

— Size ne gibi bir hizmette bulunabilirim ?

— Girmek istiyorum.

Sesi titriyordu.

Biraz duraksadıktan sonra içeri girmesine izin verdim, ah, nc de olsa kız kardeşimin müşterisiydi, kendini takdim ettiği sıfatla nişanlısı, bu aralık kızla bozuşmayı hiç istemiyordum. Kafamdan, belki de aile sorunlarını tartışırız, diye geçirdim, erkek olduğumdan benimle konuşmayı tercih etmiş olabilirdi. Bu, çağa ters düşen incelik ve İsveçlinin görünüşündeki bilemediğim bir husus, karşımdakinin efendiden bir zat olduğu izlenimini vermişti bana. Cebinden koca bir tabanca çıkarıp, namluyu bana yönelterek yatağıma oturduğunda bile bu izlenimim kaybolmamıştı. Hayatta yalnızca silahtan korkarım, zaten bu nedenle benim yasadışı meslek hayatım bu kadar kısa sürmüştü, bunu ona da anlattım.

— Sayın bayım, diye söze başladım, dil engeli birbirimizi anlamamızı engellemesin diye şarkı söyler gibi konuşuyor ve el kol hareketlerinden yardım umuyordum, gördüğüm kadarıyla bilmem neden benden çekiniyorsunuz, belki doğal olarak görünüşüm sizi ürküttü, belki de yılan dilliler hakkımda kötü söz ettiler. Şerefim, kız kardeşimin, *sister'* imin şerefi, kutsal anamızın, Tanrı günahlarını affetsin, şerefi üzerine yemin ediyorum, benden korkmanıza hiçbir neden yok. Ben anlayışlı bir kişiyimdir, sizi maalesef ancak yüzeysel olarak tanımak zevkine erişmiş olmama rağmen prensip sahibi bir insan olduğunuzu hemen anladım. Siz eğitim görmüş, dürüst, iyi bir aile çocuğusunuz, belki kaderin rüzgârı, hareketli bir hayata, geçmişi unutmak amacıyla daha geniş ufuklar aramaya savurdu sizi.

İçten konuşmalarım onu inadından vazgeçireceğe benzemiyordu. Hâlâ bakışları üzerime dikili, yatağımda oturuyordu. Anlamsız suratından, kafasının kimbilir nasıl tarif edilmez görüntüler, nasıl bir melankoli ve Tanrı bilir, ne biçim acılı anılarla dolu olduğu anlaşılıyordu.

"Hatta belki de *my sister* ve *me* arasında basit bir aile bağından daha başka bağlar olduğundan bile kuşkulandınız, bu da olabilir, diye konuşmamı sürdürdüm, amacım kafasında beni hedef alabilecek birtakım intikam duygularının belirmesini engellemekti. Ne aksi, yanımda akrabalığımızı belirtecek hiçbir belge yok, böylece kafanızda uyanabilecek kuşkuları da silebilirdim. Aynı kandan geldiğimizi kanıtlamak için fiziksel benzerliğimizi de ileri süremem çünkü o bildiğiniz gibi öylesine güzel, *beautiful,* oysa ben bok gibiyim. Ama böyle durumlara sık rastlanır, doğanın ne yapacağı belli olmaz, ondan daha çirkin yaratılmış olmanın bedelini bana ödetmekten daha büyük haksızlık olamaz. Aynı fikirde değil misiniz?

Aynı fikirde değildi herhalde, çünkü suratındaki ifade değişmemişti. Herhalde fikrini belirtmek amacıyla sırtındakini çıkardı, belki de oda sıcak gelmişti. Şu an karşımda atletle oturuyordu, böylece göğüs ve kollarının Herkülvari yapısı da ortaya çıkmıştı, şişkin pazılarında bir mucize gibi Montserrat Bakiresi'nin belirmesine hiç şaşmadım. Bu adam herhalde beden eğitimi yapıyor, mektupla vücut geliştirme metotlarını izliyor ve odasında cimnastik yapabilmek için birtakım yaylı, lastikli, tekerlekli aletler satın alıyordu. Biraz yağcılık yapmak amacıyla kişiliğinin bu cephesine değinmeye karar verdim, kadın korkusu, erkekliğinden kuşku duyma gibi nedenlerle ruhsal bir güvensizlik duyduğundan bu yola başvuruyor olabilirdi.

"Sevgili dostum, benim gibi hiçbir spor yapmayan, hiçbir rejimi izlemeyen, hiç sevmediğinden greyfurtun tadına bile bakmayan birine saldırmak gerçekten pek çirkin bir hareket olur. Siz, ey denizler Tarzan'ı, İskandinav Masist'i, büyük Charles Atlas'ın değerli takipçisi, belki siz gençliğiniz nedeniyle onu tanıyamadınız ama o kaplan kaslarıyla o günün çelimsizleri, bugünün leşlerinin boş umutlarını sarsıp, arzularını billurlaştırmıştı...ha, üstüne üstlük sigara da içerim.

Onu bu yatıştırıcı sözlerimle oyalarken, bakışlarımla odayı tarayıp sıraladığım nedenler o apaçık düşmanlığı dağıtamadığı takdirde kafasına yapıştıracak ağır bir nesne arıyordum. İç açıcı müstakbel eniştemin oturmakta olduğu yatağın altına eğilip, belki lobut niyetine kullanabileceğim bir oturak bulurum diye bakınırken; ama bu bitli otelde oturak ne gezer; adamın ayaklarının dibinde koyu renk bir sıvı birikintisi oluştuğunu gördüm, önce çişini tutamadığını sandım.

Konuşmamı sürdürüyordum, çünkü anladığım kadarıyla ben konuştukça o harekete geçmiyordu:

"Bizi birlikte görünce belki de yanlış bir sonuca varıp beni, izin verirseniz öyle diyeyim, o saf, sevgili Candida'nızın pezevengi sandınız. Sevgili, *love* (adam kolay anlayabilsin diye konuşmamın arasına İngilizce sözcükler serpiştiriyordum, ama adamın kafası uçmuştu sanki) Candida. Ama sözlerime inanmalısınız, sözcükler yoksulların tek kaynağıdır: bu büyük bir hata olur, *mistake*. Candida o kahrolası kurumun hep dışında kalmıştır: o hep özgür yaşamış, deyim yerindeyse koltuk değneğine ihtiyaç duymamıştır. Ona yalnızca Dr. Sugranes destek olmuş, engin bilgisiyle, kardeşimin ve dolayısıyla müşterilerinin başının derde girmesine engel olmuştur. (Bütün bunları atıyordum: aslında kardeşim hayatında dispansere bile adım atmamıştır, bunun sebebi de bilmemne görmek amacıyla doktorların hastalarının ağızlarına kaşık sapı sokma merakları ve kardeşimin de bundan nefret etmesidir.) İzin verirseniz şunu da eklemek istiyorum, şimdiye dek ne belsoğukluğu, ne gonore, ne frengi ya da Fransız hastalığı: *french bad* denilen bir başka musibete yakalanmıştır. Candida *me sister* tüm meslek yaşamı boyunca temiz kalmıştır. Zaten gençliğine bakılırsa o yaşamı da pek kısa sürmüştür. Eğer Tanrı ve kullar huzurunda zaten kalpleriniz arasında atılmış olduğunu hissettiğim ilmekleri pekiştirmek isterseniz, inanın çok doğru bir seçim yapmış olursunuz, bu konuda sadece onayımı almakla kalmaz, şimdiden kardeşçe takdisimi de almış olmakla gurur duyabilirsiniz.

Bu sözlerden sonra suratıma en güzel gülücüğümü yerleştirdim ve kollarımı papa gibi açarak İsveçliye yaklaştım, baktım ki adam hiç de karşı çıkmak niyetinde değil, daha da yaklaşıp adamın bacak arasına olanca gücümle bir diz attım, bu konuda uzman olmama rağmen adamın kılı bile kıpırdamadı. O iri iri açılmış gözleri bana değil sanki sonsuzluğa dikilmiş gibiydi ve dudaklarından yeşilimsi bir tükürük sızıyordu. İşte bu bir-iki ayrıntı ve nefes almıyor olması sonucu ölmüş olduğuna hükmettim. Daha dikkatli bir inceleme sonucu ayaklarının dibinde gölleşen sıvının kan olduğunu ve bu hayat sıvısının kadife pantolonunu da batırmış olduğunu fark ettim.

— Ne aksilik, diye düşündüm, Candida için iyi bir kısmetti.

Aslında o an beynimi meşgul eden bu aile sorunu değil, ama bu cesetten nasıl en etkin ve sessiz biçimde kurtulabileceğim konusuydu. Pencereden atma fikri pek açmadı çünkü onu bulan nereden gelmiş olabileceğini hemen buluverirdi. Otel kapısından çıkarmak da imkânsızdı. Sonunda en akla yakın sonucu seçtim: cesedi oracıkta bırakıp kaçarak oradan kurtulmak!.. Biraz şansım olursa, o soğuk et yığınını bulduklarında yatanın İsveçli de ğil de ben olduğumu sanabilirlerdi. İşe cesedin ceplerini yoklamakla başladım: işte bulduklarımın listesi:

Sol iç ceket cebi: boş
Sağ iç ceket cebi: boş
Sol dış ceket cebi: boş
Sağ dış ceket cebi: boş

Sol pantolon cebi: bir kibrit kutusu, bir lokanta broşürü, bin peseta, rengi atmış yarım sinema bileti.

Sağ pantolon cebi: saydam, plastik bir torba, içindekiler:

a) İçinde beyaz bir toz bulunan üç küçük poşet, alkaloid, anestezik ve narkotik, halk dilinde kokain.

b) Asit liserjik emdirilmiş üç küçük kurutma kâğıdı parçası.

c) Üç amfetamin hapı.

Ayakkabılar: boş
Çoraplar   : boş
Don   : boş
Ağız   : boş

Burun, kulak ve öteki delikler: boş.

Bu araştırmaları yaparken, eğer şartlar durum üzerinde kafa yormama izin verseydi ne gibi sorular sorardım diye düşünmeden edemedim. Kimdi bu adam? Ne kimliği, cep defteri, telefon defteri, ya da ilk fırsatta cevaplandırmak amacıyla ceplere tıkılıvermiş mektuplar vardı. Neden odama kadar gelmişti? Bulunduğu durumda, yani yolunun sonunda, kız kardeşime ilgi duymuş olması inandırıcı bir neden olamazdı. Beni bulmayı nasıl becermişti ? Gecenin çok geç bir saatinde bu ini bulabilmiştim, kız kardeşim ve müşterisi bunu öğrenmiş olamazlardı. Neden silahıyla beni tehdit etmişti ? Neden pantolon cebinde uyuşturucular taşıyordu ? Neden sakalını kestirmişti ? Bu sorulara ancak kız kardeşim cevap verebilirdi, derhal onunla görüşmeliydim, bu olay onun da başını belaya soksa bile. Başlangıcına bakılırsa gelişmesi de epey hareketli olacaktı.

Bir kez daha tımarhaneye dönüp komiser Flores'le yapmış olduğumuz anlaşmayı bozmak olasılığını düşündüm. Ama, bu durum İsveçlinin ölümüne karışmış olabileceğim şeklinde yorumlanamaz mıydı ? Adeta işlediğim suça imza atmış gibi olurdum. *A contrario,* sadece kayıp kızların esrarını değil, benim yatağımda ölmek gibi bir kaprise boyun eğmiş, meçhul bir cesedin sırrını da çözebilecek miydim ?

Ne olursa olsun, beyin cimnastiğiyle yitirilecek vaktim yoktu. Tek gözlü, İsveçlinin girdiğini görmüştü mutlaka, bir kişi parasına iki kişi gecelemeyi başarmaya çalıştığımızı düşünecek, kıyı köşeyi araştıracak ve bu deniz kurdunun acı sonunu keşfedecekti. Neyse işin kuramsal tarafını daha iyi şartlarda incelemeye bırakarak cesedin cebindekileri, tabanca dahil, kendi cebime boca ediverdim, gürültü etmemeye çaba göstererek pencereyi açtım ve odanın baktığı küçük iç avluyla aramdaki mesafeyi hesabà çalıştım. Fazla riske girmeden atlanacak gibi değildi. İsveçliyi yatağıma yatırdım, ölümün masum, şaşkın bir hale oturttuğu deniz rengi gözlerini iki enerjik yumruk darbesiyle kapattım, çarşafı çenesine kadar çektim, ışığı söndürdüm, kenarına elimden geldiğince sıkı yapışarak pencereden çıktım, panjurları dışardan kapattım. Sonra ellerimi açtım ve kendimi karanlık

45

boşluğa bıraktım. Pencereden yere kadar olan mesafenin ilk bakıştaki değerlendirmemden çok daha fazla olduğunu çok geç fark ettim, beni, en yararlı kemiklerimin kırılması ya da daha beteri bekliyordu: kafamın dümdüz olması, dolayısıyla serüvenlerimin sona ermesi.

V

Peşpeşe İki Firar

Düşüş sırasında havada ister istemez birtakım denge hareketleri yaparken, talihsiz prens Cantacuzene'in de zamanında aynı hareketleri yapmış olacağı aklıma takıldı, başka yapacak bir şey olmadığından uçuşumun yerde kafamın kırılmasıyla noktalanacağını düşündüm. Ama öyle olmadı: yoksa bu leziz sayfaları yutamazdınız, cıvık bir çamura benzeyen kalın bir çöp yığınının üstüne iniş yaptım, kokusuna ve kıvamına bakılırsa eşit miktarlarda balık, taze sebze, meyve, yumurta, zerzevat, işkembe ve başka sakatattan oluşuyordu ve hepsi de ileri derecede çürümüştü, sonunda tepeden tırnağa pis kokulu, yapış yapış pullara bürünmüş, ama sağlam ve çok mutlu olarak doğruldum.

Bu bataklığı aşmam zor olmadı, karşıma çıkan alçak duvara pek zorlanmadan tırmandım. Amazon pozunda duvar üzerinde otururken odam olacak yerin penceresine son bir göz atmak üzere başımı çevirdiğimde pek de şaşmadan odanın aydınlık olduğunu keşfettim, oysa ışığı söndürdüğümü çok iyi anımsıyordum. Aralıktan iki gölge seçilebiliyordu. Onları incelemek üzere fazla vakit yitirmeden duvardan atladım ve torba ve kasaların arasına sindim. Bir başka duvar ya da belki aynı duvar çıktı

47

karşıma. Duvarlardan atlamak çocukluktan beri uyguladığım bir sanattır, dolayısıyla bu engeli de sanki yokmuşçasına rahatça aştım. Kendimi, ucunda Ramblas'a çıkan bir sokak bulunan dar bir yolda buldum. Barselona'nın anayollarının en tipiğine dalmadan önce, silahı bir lağım deliğine attım, az önce bana doğrultulan kahrolası aletin kara delikte kaybolmasını görmek beni pek tatmin etti. Sanki mutluluğumu pekiştirmek istermiş gibi yağmur da duruvermişti.

Öyle karar verdiğimden, adımlarım beni El Leches barına sürükledi, birkaç saat önce kız kardeşim ve talihsiz İsveçliye orada rastlamıştım. Barın önünde, bir kapı aralığına sığınıp nöbet tutmaya başladım, bir yandan geceyi aşarken mideleri bulanan insanlar tarafından etrafa saçılmış kusmuklara basmamaya dikkat ediyor, öte yandan kız kardeşimin çıkmasını bekliyordum. İçerde olduğundan emindim. Çünkü vakit geç olduğundan indirim isteyen pinti müşterileri bulmak üzere, genellikle şafak sökmeye yakın buraya gelir, herifler de mevsim sonu satışlarından mal alır gibi onu götürürlerdi.

Kız kardeşim bardan çıkarken ufukta ilk gün ışığı belirmişti, koluna yapıştığımda bana, bakışların en küçümseyicisiyle baktı. Nereye gittiğini sordum, evime dedi. Ona eşlik etmeyi teklif ettim.

— Senin görüntün bile insanı baştan çıkarmaya yeter, dedim. Erkeklerin senin için çılgınlıklar yapmalarını anlıyorum, ama bu, hem kardeşin, hem de bir erkek olarak bunlara izin veririm demek değildir.

— Söyledim ya; metelik işlemez.

Tekrar niyetimin asla üçkâğıtçılık ya da dilencilik olmadığını söyledim ve iki yıllık *Holà* dergisinden çıkardığım bayağılıkları sıralamaya başladım, ama bunu fark etmedi, çünkü ünlülerin yaşamı, daha tatlı olmakla birlikte, bizimkinden dàha az monoton değildir. Sırası gelince şu ustaca hazırlanmış soruyu patlattım:

— Az önce tanışmak zevkine eriştiğim o iyi yürekli genç adam ne oldu ? Sana nasıl tutkun olduğunu gözlerimle görmüştüm.

Candida duvardaki *Lyceum* programına bir balgam fırlattı.

— Geldiği gibi gitti.

Alaycı tavrı duyduğu küskünlüğü saklayamıyordu.

— İki gündür etrafımda dönüp duruyordu, neden bana takıldığını hâlâ anlayamadım. Hem zaten benim tipim değildi. Ben, benim, nasıl desem...hastalarımla iyi anlaşırım. Onu, zil kaldık diye para için her türlü aşağılıklara eyvallah diyeceğimizi sanan o manyaklardan sandım, laf aramızda haksız da sayılmazlar ya!.. Neyse, şapa oturduğumuzla kaldık. Neden bunları soruyorsun ?

— Laf olsun diye ! İyi bir çift oluşturmuştunuz: öylesine genç, taze, hayat dolu... Hep sonunda bir yuva kuracağını düşlemişimdir Candida. Bu hayat sana göre değil, sen ev kadını olmak için yaratılmışsın, çocuklar, girişken bir koca, ormanda küçük bir şale...

Candida'nın asla ulaşamayacağı sevimli bir yaşamı olanca ayrıntılarıyla inceden inceye çizmeyi sürdürdüm. Sözlerim keyfini yerine getirdi ve sonunda:

— Kahvaltı ettin mi ? diye sordu.

— Galiba hayır, diye karşılık verdim usulünce.

— Eve gel öyleyse, dün akşamın artıkları var.

Barselona'nın tarihi merkezinin o tipik sokaklarından birine daldık. Bu sokaklar öyle bir tat taşırlardı ki tepelerine kapak oturtulsa lağımdan farkları kalmaz: yarı yıkık, kara bir binanın önünde durduk: kapıda görülen küçük kertenkele ağzındaki hamamböceğini ısırıyor, bir yandan da kedinin kovaladığı iri sıçanın dişleri arasında debeleniyordu. Merdivenleri tırmanırken kibrit çakıyor, fakat küçük alev çatı penceresinin kırık camından üfleyen rüzgârdan çabucak sönüyordu. Kapısına geldiğimizde hızlı hızlı soluyan -astım yüzünden- kız kardeşim anahtarını bir çevirişte kapı açılıverdi, içeri girerken mırıldanıyordu:

— Tuhaf! Çıkarken iki kez kilitlediğime eminim. Yaşlanıyor muyum yoksa?

— Saçmalama Candida; ömrünün en güzel çağındasın.

Laf olsun diye konuşuyordum, aslında o kilit faslı benim de kafama takılmıştı ve haksız da sayılmazmışım çünkü Candida elektrik düğmesine basar basmaz, küçücük oda ışığa boğuldu, tuvaletler sahanlıkta olduğundan bütün evi bu kadarcıktı zaten, İsveçliyle burun buruna geldik, yatağımda son uykusunu uyurken bıraktığım o aynı İsveçli bu kez, mavi gözleri yuvalarından fırlamış, bir taşralı misafir katılığıyla odanın ortalık yerindeki koltukta oturuyordu. Zavallı kız kardeşim çığlığını zor tuttu.

— Korkma Candida, sana bir şey yapmaz, dedim kapıyı kapatırken.

— Bu herif ne arıyor burada? Ve neden bu kadar ciddi ve sakin? diye mırıldandı kardeşim alçak sesle, sanki İsveçlinin bizi duymasından korkar gibi.

— İkinci sorunu hemen cevaplayabilirim. Birinciye gelince, bak o konuda hiç bir fikrim yok; sana tek garanti edebileceğim şey, buraya tek başına gelmemiş olduğudur. Adresini biliyor muydu?

— Hayır. Nereden bilebilirdi ki?

— Sen söylemiş olabilirdin.

— Bir müşteriye mi? Asla. Rahatsız mı acaba?

Çekinerek İsveçliyi gösteriyordu.

— Rahatsız mı? Öyle ya !.. Haydi daha fazla geç kalmadan gidelim.

Geç kalmıştık bile. Şom ağzımdan bu sözler çıkar çıkmaz kapı yumruklanmaya başladı, bir erkek sesi uluyordu.

— Polis! Açın yoksa kapıyı kırarız.

Güvenlik güçlerimizin sözleriyle hareketlerinin ne kadar tutarsız olduğunu gösteren bir cümle; çünkü lafın duyulmasıyla çelimsiz kapının kırılıp sivil giyimli bir müfettişle üniformalı iki polisin, copları ve tabancaları bize çevrilmiş, paldır küldür içeri dalmaları bir oldu.

— Kıpırdamayın! Sizi tutukluyoruz!

Bu son derece açık sözler karşısında teslim olmayı seçtik, kollarımızı havaya kaldırdığımızda parmaklarımız tavandan sarkan tüllere benzer örümcek ağlarına dolaştı. Bizim boyun eğdiğimizi gören iki polis hemen zavallı kız kardeşimin mütevazi evini karıştırmaya koyuldular, coplarıyla tabak çanağı ufalıyor, tekmelerle mobilyaları itip kakıyor, sefil döşeğinin çarşaflarına işiyorlar, müfettiş ise içindeki bütün köprü, kuron, altın, kurşun kaplama dişlerini ortaya döken bir sırıtmayla ağzını açmış, şu formülle niteliklerimizi sıralıyordu:

— Kimlik! Şıllık!

Söz dinleyen kızcağız, aksi gibi jiletle doğum tarihini kazımış olduğu kimlik kartını eli titreyerek uzattı. Müfettişin alaycı bakışları "olmadı" der gibi bir anlam taşıyordu. Bu arada aynasızlar cesedi bulmuşlar, ceset olduğunu saptamışlar, bilinçli bir biçimde üstünü araştırmışlar ve keyifli çığlıklar atmaya başlamışlardı.

— Yaşasın müfettişim !.. Suçüstü yakaladık.

Müfettiş boyuna benden kimlik istiyor bense cevap veremiyordum, bende kimlik ne gezer, onun yerine içi uyuşturucu dolu plastik bir torba vardı. Ya hep ya hiç deyip, eski ama geçerli bir numaraya başvurdum.

— Dostum, dedim sakin ama herkesin duyabileceği kadar güçlü ve berrak bir sesle, başınız çok büyük derde girebilir.

— Yok yahu? dedi müfettiş yutmamış bir ifadeyle.

— Yaklaşın arslanlarım, dedim yavaş yavaş kolumu indirirken, kısmen bir tutamlık onurumu toparlamak, kısmen de havaya kalkmış koltuk altlarımdan yükselen kokuları gizleyebilmek için, çünkü o kerih kokular söyleyeceklerimin değerini azaltabilirdi, kiminle konuştuğunuzu biliyor musunuz?

— Boktan herifin biriyle.

— Dâhice bir yargı, ama yanlış. Müfettiş, şu an karşınızdaki zat Don Ceferino Sugranes'tir, size yan uğraşlarımdan birkaçını sıralayıvereyim: belediye danışmanı, banka, sigorta şirketi, emlak alım satım firması, noter bürosu sahibi. Mevkiinizin gerektirdiği anlayışla kavrayabileceğiniz gibi, önemli bir şahıs olduğumdan, üzerimde kimliğimi açıklayacak belge taşımıyorum, hem titiz bir seçmenin beni bu kılıkta görmesini de istemem, üstelik karımın peşime taktığı hafiyelere de yakalanmak istemiyorum, çünkü evliliğimin iptali için Vatikan Mahkemesi'ne başvurdum, kimliğim konusunda şoförüm, fedaim ve kâhyam tanıklık edebilirler, vergi sorunları nedeniyle de kimliğimi gizli tutmak zorundayım, çeşitli şirketlerin vergi kaçakçılığına adımın karışmasını istemem, kesin talimat verdiğim adamım on dakikaya kadar sağ salim dışarı çıkmadığım takdirde Başkan Suarez'e derhal haber vermek üzere köşebaşında bekliyor, beni binbir desiseyle bu tuzağa düşüren şu kaltaktır, ne bir suçum var ne de kabahatim, kuşkusuz bu karının niyeti beni birtakım hırsızlık, şantaj, kulamparalık ya da başka suçlara alet etmekti, bunu yadsıyacağından eminim, şimdiden bu tavrı takındı, tabii bu davranışı da benim iddialarımı güçlendirir, yani kısacası müfettiş, böyle bir yol ayrımında kime hak verirsiniz? Namuslu bir yurttaş, öncü bir girişimci, hırslı burjuvazinin simgesi, Katalonya'nın iftiharı, İspanya'nın gururu, imparatorluğun şerefine mi? Yoksa fil hastalığına ve had safhada yatakoza tutulmuş bu gülünç, köhne karıya, çantasını karıştırdığınızda bulacağınız kimi kullanılmış prezervatiflerden de anlayacağınız gibi bu sicilli orospuya mı? Size ayrıntılarını vermeyeceğim bir şey karşılığı ona 1000 peseta gibi olağanüstü bir meblağ ödemeye söz vermiştim, işte anlattıklarımın ispatı olarak bu 1000 pesetayı şimdi size veriyorum müfettiş.

İsveçlinin cesedinde bulduğum 1000 pesetayı cebimden çıkarıp müfettişin eline tutuşturuverdim, adam çaresizlik içinde paraya bakıyordu, ama ben bu bakışlarda parayı ne yapacağına dair bir belirti de okuyabiliyordum: durumdan yararlanıp burnuna bir kafa attım: dereler gibi kan boşanırken adamın acıyla büzülen dudaklarının arasından boğuk bir küfür yükseldi, bütün bunlar olurken ben kapı yıkıntısının üzerinden atlayarak dışarı fırlamış, peşimde polislerle merdivenleri tutmuştum; bir yandan da bağırıyordum:

— Hakkında söylediklerime inanma Candida, hepsi numaraydı.

Ama bu karmaşa içinde kızın söylediklerimi duyabilmesi ve duysa bile bunun onu teselli edebileceği konusunda pek umudum yoktu.

Sokağa varınca, ellerinde sefertaslarıyla yorucu işlerine gitmekte olan bir işçi grubuna rastladım, peşimde polisler olduğundan ve adamların gerek güçleri, eğitimleri ve gerekse gayretleri nedeniyle beni kısa zamanda yakalayacaklarına inandığımdan olanca gücümle haykırdım:

— Yaşasın CNT! İşçi komisyonlarını kuralım.

Bu sesime işçiler yumruklarını kaldırıp, benzer tonlarda sloganlar atarak karşılık verdiler. Ülkemizde kısa bir süre önce meydana gelen değişikliklere henüz uyum sağlayamamış olan polisler, beklediğim tepkiyi gösterdiler ve çıkan kavga gürültü arasında kendimi bir kutuya atıverdim.

Peşimdekiler izimi kaybedip, ben de biraz soluklandığımda, durumu şöyle bir gözden geçirdim ve kötünün en kötüsü olduğu sonucuna vardım. Beni bu kritik durumdan, kız kardeşimi de çürüyeceği zindandan bir tek kişi kurtarabilirdi.

Bir telefon kulübesine girdim, yanımda bozuk para olmadığından, bir tel parçasıyla kurcalamak zorunda kaldığım telefon sayesinde komiser Flores'i aradım, sabahın erken saatine rağmen bürosunda buldum. Başlangıçta komiser sesimi duyduğuna pek şaşırmış gibiydi, ama firarımı da atlamadan, sadece şartları biraz iyileştirerek, tüm ayrıntılarıyla anlattığım olayları duyunca, şaşkınlığı öfkeye dönüştü.

— Sefil yaratık! Kaçak kız hakkında şu ana dek hiçbir şey bulamadığını nasıl söylersin? diye haykırdı, telefon telleri aracılığıyla beni soru işaretlerinin kancasına takarak.

Oysa ben sırrolmuş genç kız olayını tamamen unutmuştum. Acemice bir-iki özür taslağı sıralayıp, hararetle olay üzerinde çalışacağıma söz verdim.

— Bak çocuk, dedi komiser (ondan beklenmeyen bu tatlılık bende büyük bir şaşkınlık yarattı, çünkü adam asla bana, başına orospu sözcüğünü eklemeden çocuk diye hitap etmezdi). En iyisi bu işi bırakalım. Belki de sana böylesine çetrefil bir işi havale etmekte biraz aceleci davrandım. Unutmayalım sen daha... nekahattesin ve bütün bu olaylar...hastalığını artırabilir. Sen neden buraya gelmiyorsun, iki serin Pepsi-Cola arasında sakin sakin konuyu tartışırdık.

Şunu kabul etmeliyim ki, çok az rastlamış olduğum tatlı davranışlar beni manyetize eder, komiser Flores'in sözleri ve kullandığı ses tonu neredeyse gözlerimi yaşartacaktı ama üstü örtülü art niyeti dikkatimden kaçmadı ve beni Emniyet Müdürlüğüne çekmekteki amacının -oyuna ne gerek var?- başımı henüz kurtarabildiğim tımarhaneye, azat oluşumdan 24 saat sonra tekrar tıkmak olduğunu sezdim ve Yehova Şahitlerini dağıtmak için başvurulan kararlı bir nezaketle, olayın peşini asla bırakmamak niyetinde olduğumu, salak karının tekinin başına neler geldiğine aldırmadığımı ama girişimin başarısının benim özgürlüğüme bağlı olduğunu uygun bir dille bildirdim.

— Sana fikrini soran kim a salak !.. diye gürledi Flores, birden her zamanki tavrını takınmıştı. Ya derhal kendi ayaklarınla gelirsin, ya da seni bileklerinde kelepçeyle getirtir ve genlerinde taşıdığın, hem de yeteneğinle ulaştığın cani sınıfına sokarım seni. Anladın mı geri zekâlı ?

Ve ben:

— Anladım sayın komiser, size olan saygım sonsuz ama maalesef sözlerinizi dinleyemeyeceğim, çünkü topluma sağduyumun sağlamlığını ve yeteneğimin etkinliğini ispatlamaya karar vermiş bulunuyorum, bu olayda yaşamımı yitirsem bile. Ve yine sonsuz saygılarımla, size pek çok filmde gördüğünüz gibi telefon ettiğim yeri saptamak gibi bir girişimde bulunmamanızı tavsiye ederim. Birincisi, bu imkânsızdır, ikinci olarak bir sokak kulübesinden arıyorum ve nihayet üçüncü olarak hemen kapatıyorum.

Dediğimi de yaptım. Durumumu tespit için fazla düşünmeme gerek kalmadı, iyileşeceğine daha beter olmuştu ve olayların gidişine bakılırsa, çabucak bir çare bulamazsam, beterin beterine varacaktı durum. İsveçli olayını daha uygun bir zamana bırakarak bütün enerjimi kayıp kızı aramaya yoğunlaştırmaya karar verdim, ayrıca bu çifte firarilik durumumun getirdiği tedbirleri almayı da savsaklamayacaktım.

VI

Sahte Bahçıvan

İlk tedbir olarak, Tallers sokağına yakın küçük bir sokağa daldım, bitişikteki kliniğin çöpleri arasından kimliğimi gizleyecek malzemeler, örneğin atıklar arasından az da olsa suratımı değiştirecek bir şeyler bulmayı umuyordum. Pek şansım yoktu, az kirli pamuklarla yetinmek zorunda kaldım, bir de ip bularak kendime baba bir sakal yaptım, böylece hem görüntüm değişecek, hem de güven verici, hatta hatırı sayılır bir görüntü sağlayacaktım kendime. İşte bu kılıkta yine metroya süzüldüm, ikinci kez lazarist sörlerin yönettiği okulun etrafını kolaçana gidiyordum.

Yol boyunca, istasyondaki gazeteciden arakladığım ve kanlı kapağına bakıp içinde bol cinayet ve şiddet bulacağımı sandığım dergiyi karıştırdım. İsveçlinin ölümüyle ilgili bir başlık ve gazetecinin bu konuda toparlayabildiği ayrıntıları aramaya başladım ama ne gezer! Buna karşılık bir sürü çıplak karı resmi vardı. "İlsa'ya güneş yakışır" başlıklı haberde yazıdan çok resim vardı. Mucize eseri boşalmış gibi duran Costa Brava, İlsa'nın mermer baldırlarını, kaymaktaşı göğüslerini ve çakmaktaşı kıçını değerlendiriyordu. Bu resim ya kışın çekilmiş, ya da bu plaj kartondan bir dekor diye düşünüyordum.

İlsa'ya bakılırsa İspanyol erkeklerinin tümü hızlı aygırlarmış. Dergiyi yanıma bıraktım. Vagonun kirli camı, bana, ne genç, ne yakışıklı, ne de özellikle hızlı aygır olan bir adamcağızın suretini yansıtıyordu. Biraz efkârlanmıştım, içimi çekerek "İlsa kızım," dedim kendi kendime. "Daha önceleri neredeydin?"

Metro istasyona varınca indim, şöyle bir etrafı kolaçandan sonra bu kez okulu şıp diye buluverdim.

Bir gece önceki gözlemlerimden, okulun etrafındaki bahçe bu kadar iyi bakıldığına göre buranın bir de bahçıvanı olacağı sonucunu çıkarmıştım, işte hem dini topluluğun dışında hem de okulun içinde olacak bu kişi, gerçekleştirmeyi düşündüğüm bir dizi soruşturmayı başlatabilecek ilk halka olabilirdi. Böylesine tumturaklı bir çevrede günleri geçen bir kişinin dalgacı bir yaklaşıma karşılıksız kalamayacağını düşündüğümden, bir içki dükkânındaki tezgâhtar kızın dalgınlığından yararlanarak bir şişe şarap aşırmış ve gömleğimin içine saklamıştım. Ama o dehşetengiz eğitim kurumunun aşılmaz duvarlarını tekrar gördüğümde şarabın insan davranışları üzerindeki etkilerini bir kez daha değerlendirmeye tabi tuttum ve benim açımdan bunların derin fakat yavaş seyredeceğine hükmettim. Tıkacı plastik olduğundan şişeyi tirbuşonsuz açtım, sonra cebimden İsveçlinin bana miras bıraktığı uyuşturucu torbasını çıkardım, hepsini şaraba kattım: koka tozu, amfetamin tabletleri ve LSD. Karışımı çalkaladım, şişeyi tekrar giysilerimin içine gizledim ve başım dik, içim rahat, adamımı aramaya koyuldum ve ardına kadar açık duran parmaklıklı kapının yanı başında onu buluverdim. Gündelik işlerine dalmıştı. Kaba görünüşlü, gençten biriydi. Şarkı söyleyerek güzel çiçeklerden oluşmuş bir tarhı budamaktaydı, selamıma işini kesmek istemeyen insanlara has bir homurtuyla karşılık verdi.

58

— Günaydın, Tanrı bu rastlantıyı kutsasın, dedim somurtuk karşılayışına aldırmaksızın. Acaba bu şahane mülkün bahçıvanıyla mı görüşmek mutluluğuna ulaşıyorum?

Kafasıyla onaylayıp, belki de kötü bir maksat taşımaksızın, güçlü ellerinde tutmakta olduğu o korkunç bahçe makasını bana doğru salladı. Gülümsedim ve:

— Öyleyse talih yüzüme gülüyor, dedim, çok uzaklardan sizi görmeye gelmiştim. İzin verin kendimi size tanıtayım, don Arborio Sugranes, Fransa Üniversitesi Yeşillik profesörü. Ve izin verirseniz hemen şunu ekleyeyim, belki siz bilmiyorsunuzdur ama bu bahçe bütün dünyada ünlüdür. Ben ki yıllarımı onu incelemeye hasretmişimdir, yeteneği, direnci ve bağlılığıyla bu mucizeyi mümkün kılan kişiyi tanımadan emekli olmak istemedim. Üstat, size hayranlığımın ve saygımın bir belirtisi olarak özel olarak kendi topraklarımdan getirdiğim şu şaraptan bir yudum almaz mıydınız?

Şişeyi çıkarıp açarken hemen yarısı gömleğime ve sakalımın iki çatalına döküldü, bahçıvana uzattığımda, şişeyi boğazından kavradığı gibi, bana bir tuhaf bakarak başına dikti.

— İşte böyle başlanır! Kahrolası! Ne istiyorsunuz siz?

— Önce sağlığıma içip, susuzluğunuzu gidermenizi.

— Bu şarabın tadı bir tuhaf değil mi?

— Ender bulunan bir mahsul. Dünyada ancak iki şişe var.

— Ama baksana burada ne yazıyor: Pentarin adi şarap, dedi bahçıvan etiketi göstererek.

Hınzırca göz kırptım.

— Gümrük...anlarsınız ya...

İçki etkisini gösterene kadar vakit kazanmam gerekiyordu: aslında bahçıvanın gözbebekleri ve sesinde bu etki belirmeye başlamıştı.

— Aziz dostum, bir şey mi oldu?

— Başım dönüyor.

— Sıcaktan olmalı. Rahibeler size nasıl davranıyorlar?

— Yakınabilirim, ama yapmayacağım. Bunca işsizlik varken...

— Doğru, zor günler yaşıyoruz. Okulda olup bitenlerden haberiniz vardır sanırım.

— Epey şey bilirim, ama ağzım sıkıdır. O lanet olası sendikaların birinden filansanız, bir şey söyleyeceğimi sanmayın. Gömleğimi çıkartsam ayıp olmaz ya?

— Evinizdesiniz. Adi dedikoducuların söyledikleri doğru mu?

— Ayakkabılarımı çözmeme yardım eder misiniz? Ne diyormuş dedikoducular?

— Yatakhanelerden kızlar kayboluyormuş! Ben, elbette bunlara inanmak istemiyorum. Çoraplarınızı da çıkartayım mı?

— Evet, lütfen. Her şey sıkmaya başladı. Ne diyordunuz?

— Gece vakti kızlar kayboluyormuş.

— Doğru. Ama bunda benim bir suçum yok.

— Öyle bir şey demek istemedim. Ama sizce, bu küçük melekler nerelere kayboluyorlar?

— Ne bileyim? Kancıklar belki de gebeydiler.

— Yani bu kutsal kurumda gidişat o kadar mı bozuldu?

— Bildiğim kadarıyla hayır. Ah, bana bıraksalar, hepsini o biçim gebe bırakırdım ya...

— İzin verin şu makası alayım: kazara beni ya da kendinizi yaralayabilirsiniz. Siz şu öyküyü anlatmaya devam edin.

— Benim bir şey bildiğim yok. Ne kadar da çok güneş var.

— Kuşkusuz bu bir mucize. Bana öteki yavrudan söz edin, hani şu altı yıl önce kaybolandan...

— Onu da mı biliyorsunuz?

— Daha neler neler bilirim. Altı yıl önce ne olmuştu?

— Bilmem. Ben burada değildim.

— Ya kim vardı?

— Benden önceki bahçıvan. İhtiyar kaçık. Kovmak zorunda kaldılar.

— Ne zaman?

— Altı yıl önce. Ben de o zamandan beri burada çalışıyorum.

— Sizden öncekini neden kovdular?

— Doğru yoldan saptığından. Onun, kızların önünde önlerini açan sapık ihtiyarlardan biri olduğundan kuşkulanıyorum. Buyrun, size pantolonumu sunuyorum.

— Teşekkürler. Aman bu ne güzel kesim! İhtiyarın adı neydi?

— Cagomelo Purga. Neden sordunuz?

— Siz cevap verin yeter bayım. Onu nerede bulabilirim? Şimdi ne yapıyor?

— Sanırım hiçbir şey. Onu evinde bulursunuz. Cadena sokağında oturduğunu biliyorum, ama numarasını anımsayamadım.

— Kızın kaybolduğu gece siz neredeydiniz?

— Altı yıl önce mi?

— Hayır evladım, iki gün önce.

—. Anımsayamıyorum. Ya köşedeki meyhanede televizyon seyrediyormuşumdur, ya da orospuya gitmişimdir herhalde... mutlaka bir şeyler yapmışımdır.

— Nasıl olur da anımsamazsınız ? Komiser Flores belleğinizi böyle tazelemedi mi ?

İki tokat aşkettim, adamakıllı ses çıktı, adam zaptedilmez bir gülme krizine yakalanmıştı.

— Aynasız takımı ha ? dedi gülmekten ölürcesine. Ne komiseri ? O sikilmiş Cezayirliyi boğduğumdan beri aynasızlarla temasım olmadı. Epey oluyor. Arap köpeği !..

Katmerli zakkumların üzerine tükürdü.

— Ne kadar oldu ?

— Altı yıl. Unutmuştum. Ne tuhaf, şarap nasıl da belleği tazeleyip, duyuları törpülüyor. Bütün varlığımın şu anda bu yıllanmış ağaçlarla birlikte titreştiğini hissediyorum, şimdi kendimi daha iyi tanıyorum. İşte tavsiyeye değer bir tecrübe ! Ey iyi yürekli beyefendi, bana bir yudum daha veremez misin ?

Söyledikleri beni adamakıllı şaşkına çevirdiğinden şişeyi bitirmesine izin verdim. Nasıl olur da bizim kılı kırk yaran komiser Flores bahçıvanı sorguya çekmez, üstelik adamın geçmişi sabıka yüklü. Daha iyi düşünebilmek için kafamı yukarı kaldırdığımda balkonun birinde, hatırlanacağı gibi bir gün önce tımarhanede rastlamış olduğum rahibenin sert görüntüsünü keşfettim: sadece beni izlemekle kalmıyor, ara sıra işaret niyetine düzensiz birtakım hareketler yapıyor ve uzaklık dolayısıyla işitemediğim *pronunciamiento'*lar savurmak üzere ağzını açıyordu. Birden balkonda griler giyinmiş iki siluet daha belirdi, yeni gelenleri önce rahibe sandım, omuzlarından geçen kayışları ve ellerindeki makinelileri seçince polis olduklarını anladım. Kadın onlara birşeyler söyledi, sonra hışımla parmağını bana çevirdi. Polisler topuklarının üzerinde dönüp, içeri daldılar.

Pek tasalanmadım. Bahçıvan şapka niyetine kafasına donunu geçirmiş, mantra'lar mırıldanıyordu. Fazla bir direnişle karşılaşmadan onu parmaklığa yaslayarak polislerin gelmesini bekledim. Koşarak geldiklerinde, bahçıvana:

— Kaç, dedim, peşinde bir kurbağa var.

Bahçıvan çılgın gibi uzaklaşınca, ben de çiçeklere doğru eğilip az önce adamdan aldığım, bahçe makasıyla gelişigüzel sapları doğramaya başladım. Tahmin ettiğim gibi, polisler, yanlış anlamayı düzeltmek için balkonda çırpınıp duran rahibeye kulak asmadan bahçıvanın peşine düştüler. Kaçakla polislerin köşeyi dönmelerini bekleyip, gül dikenlerine dolanmış takma sakalımı çekip çıkardım ve sakin bir yürüyüşle ters yöne doğru gitmeye başladım, ha, bu arada üzgün rahibeye bir el işaretiyle: "Verdiğim sıkıntıları affedin ve bana güvenmeyi sürdürün. Olayın peşini bırakmıyorum," dedim.

Metroya doğru giderken silah sesleri işittim. Ve bu bölüm biraz kısa kaldığından, kalan boşluktan yararlanıp okuyucunun pek merak ettiği bir konuya değinmeye karar verdim: adım ne ? Doğrusu bu tema biraz açıklamayı gerektiriyor.

Doğduğumda anam, babamın korkusundan başka haltlar edemediğinden, çağdaşı bütün analar gibi umutsuz ve yararsız bir biçimde Clark Gable'a tutulmak gibi bir günahı sürdürüyormuş !.. Vaftiz günümde cahil karı, tören sırasında illaki adımın Rüzgârgibigeçti, olması için tutturmuş, töreni yöneten papazı da haklı olarak kızdırmış. Tartışma kavgaya dönüşmüş ve vaftiz anam kocasını yumruklayabilmek için iki ele ihtiyacı olduğundan, aslında adamla her gün dövüşürlermiş, beni vaftiz teknesine atıvermiş, tam suyun içinde boğuluyormuşum ki... Neyse, bu da bir başka öyküdür ve şimdi bizim tuttuğumuz üsluba ters düşer. Hem canım, sorun çıkarmaya gerek yok çünkü gerçek ve tam adım nasılsa Emniyet'in şaşmaz arşivlerinde yazılı. Günlük hayatta bana birtakım adlar takılmıştı: "enayi", "sıçan", "bok", "babanın gübresi" ve daha bir sürü sıfat ki çeşitliliği ve bolluğu, dilimizin ne tükenmez bir hazine olduğunun ve insan yaratıcılığının sınırı olmadığının kanıtlarıdır.

VII

Uçkuruna Sahip Bahçıvan

Cadena sokağı kısacıktı, komşularının çok iyi tanıyıp takdir ettikleri eski bahçıvanın evini bulmak zor olmadı. Araştırmalarım sırasında sözü geçen kişinin yakınlarda eşini kaybettiğini, yalnız yaşadığını ve kıt kanaat geçindiğini öğrendim. Boğa mevsiminde Plaza Monumentale'de gübre toplayıp, hemen Prat'taki tarımcılara satarak nafakasını çıkarıyormuş, kış aylarındaysa sadakayla geçinirmiş. Don Cagomelo Purga beni içimi cızlatan bir nezaketle karşıladı. Kapısı bacası yıkık bir odacıkta oturuyordu: içerde, sefil bir yatak, üzeri sararmış dergilerle dolu bir sehpa, bir masa, iki koltuk, kapısız bir dolap, üzerinde bir tencere kaynayan küçük bir elektrikli ocak vardı. Çişim gelmişti, tuvalet nerede, diye sordum, pencereyi gösterdi.

— Tam işeyeceğiniz sırada, "suya dikkat" diye bağırın ki yoldan geçenler kaçışabilsinler. Son damlaların dışarıya akmasına da dikkat edin, sidik, tahta pervazı bozuyor, benim de artık her dakika oraları silecek halim yok. Eğer pencere sizin için biraz yüksekse sandalyeye çıkın. Eskiden ayakta işerdim, ama yıllar boyumu da kısalttı. Yıllar önce fayanstan bir oturağımız vardı, pek de komikti, üzerinde bir göz resmi olup altında "seni görüyorum" yazıyordu. Her kullanışımda merhum karım basardı kahkahayı. Tanrı onu yüce katına aldığında, oturağın da karımla birlikte gömülmesi için çok ısrar ettim. Otuz yıllık evliliğimizde ona alabildiğim tek hediye bu oturak olmuştu, o yokken kullanırsam karıma ihanet edermişim gibi geldi bana. Pencere işimi görüyor. Büyüğümü yaparken biraz zor oluyor ama, elbet insan yapa yapa ona da alışıyor. Değil mi?

Kendini beğenmişlikten nefret ettiğimden bu eski bahçıvan ve eski kocanın sadeliği pek hoşuma gitmişti, ben mesanemi boşaltırken, o da geldiğim sırada bıraktığı işine döndü. Masanın başına yaklaştığımda küçük bir yapıştırıcı tüpünün yardımıyla takma dişinin parçalarını birleştirmeye çalıştığını gördüm.

— Dün kilisenin dua iskemlesine çarpıp kırıldı. Tanrı beni cezalandırdı. Ziyaretim sırasında uyuyakalmışım. Dindar mısınız?

— Paylaşılmaz bağlılığımdan başka bir niteliğim yoktur, diye karşılık verdim.

— Bu dünya için de, öteki dünya için de en geçerli kredi mektubu budur. Size ne gibi yardımda bulunabilirim?

— Lafı gevelemeyeceğim. Eskiden Saint-Gervais lazarist sörler okulunda bahçıvanlık yaptığınızı duydum.

— Ah beyim! Hayatımın en mutlu dönemiydi o yıllar. İşe girdiğimde bugünkü bahçe, yabani otlarla dolu bir mezbelelikti. Tanrımın yardımıyla orayı bir park haline getirebildim.

— Hayatımda gördüğüm en güzel bahçe! Peki, neden bakımsızdı?

— Mal sahibi yıllarca oraya elini sürmemiş. İçecek bir şey ister miydiniz sayın..

— Sugranes. Fervoroso Sugranes kulunuz ve Tanrı'nın kulu. Acaba bir Pepsi-Cola'nız var mı?

— Heyhat ! gelirim öyle lükslere izin vermiyor. Size musluk suyu sunabilirim ya da kendime hazırlamakta olduğum pazı suyundan...

— Teşekkürler, ama yeni yemek yedim, diye yalan söyledim ihtiyarı yoksul yemeğinden yoksun bırakmamak için. Baksanıza, o okul, okul olmadan önce neydi?

— Söyledim ya: hiç. Terk edilmiş büyük bir konak.

— Ya daha önce?

— Bilmiyorum. Merak da etmedim. Emlakçi misiniz yoksa?

Sorusundan boğa güreşlerinin bu marjinal ürününün yarı kör olduğunu anladım.

— Bana okuldaki çalışmanızdan söz edin. İyi para verdiklerini söylemiştiniz.

— Yok efendim, ne gezer ! O yılların benim için en mutlu yıllar olduklarını söyledim, bunun onların cömertliğiyle ilgisi yok. Rahibeler bana asgari ücretin altında para veriyorlardı, üstelik ne sosyal sigortalara, ne de bahçıvanlara yardım derneğine benim adıma aidat yatırıyorlardı. Mutluydum, çünkü işimi seviyordum, çünkü rahibeler, kızlar içerde yokken küçük kiliseye girmeme izin veriyorlardı.

— Kızlar, onlarla hiç temasınız olmuyor muydu?

— Yok canım ! Teneffüste çiçeklerimi tahrip etmesinler diye göz kulak olurdum. O küçük şeytanlar laboratuvardan asit çalıp çiçeklere dökerlerdi. Ellerim kesilsin diye otların arasına cam kırıkları serperlerdi. Şeytan yavruları !

— Çocukları seversiniz değil mi?

— Çok. Hepsi Tanrı'nın birer lütfudur.

— Ama sizin olmadı?

— Biz, yani karımla ben evlilikten asla yararlanmadık. Biz eski usul gittik. Günümüzde gençler ahlaksızlık yapmak için evleniyorlar. Hayır böyle konuşmamam gerekirdi: yargılama ki yargılanmayasın. Ah, arzulara dayanmanın bazen ne güç olduğunu Tanrı bilir. Düşünün hele ! Otuz yıl bu daracık yatakta birlikte uyuduk. Yukarıdaki verdi gücümüzü. Şehvete tutsak düşeceğimizi anladığımız an, ben kayışla hemen karımı dövmeye başlardım, o da ütüyle kafama vururdu.

— Neden işinizi bıraktınız ? Yani okuldakini demek istiyorum.

— Rahibeler beni emekli etmeye karar vermişlerdi. Aslında sağlığım, gücüm kuvvetim yerindeydi, Tanrıya şükür, hâlâ da yerindedir ya... Ama bana sormadılar bile. Bir gün başrahibe beni çağırdı ve : "Cagomelo," dedi, "seni emekli ediyoruz, umarım senin için de hayırlı olur." Eşyalarımı toplayıp oradan ayrılmam için bir saat süre tanıdılar.

— Hiç değilse yüklüce bir tazminat verselerdi.

— Metelik vermediler. Bana okulun kurucusu aziz pederin bir portresini hediye ettiler ve okulun dergisi "Meryem'e Güller"e bir yıllık bedava abone kaydettiler.

Döşeğinin üstünde asılı duran renkli baskılı resmi gösterdi : suratı tıpkı Luis Mariano'ya benzeyen, kırmızılar giymiş bir beyefendi. Kafasından ışıklar çıkıyordu. Odaya girince fark ettiğim dergiler de yığın yığın sehpanın üzerinde duruyorlardı.

— Uyumadan önce bunları karıştırırım. İçinde kısa dualar ve Mayıs ayı için meseller vardır. Okumak ister miydiniz ?

— Bir başka sefer, kısmet olursa. Siz ayrılmadan önce okulda garip bir olay cereyan etmişti yanılmıyorsam ? Küçük kızın biri mi ölmüştü ne ?

— Ölmek mi ? Kutsal Bakire esirgesin ! Birkaç gün kayboldu. Sonra koruyucu meleği onu sağ salim getirdi.

— Kızı tanır mıydınız?

— İsabelita'yı mı? Elbette! Hınzırın tekiydi.

— İsabelita Sugranes, hınzırın teki ha?

— İsabelita Peraplana. Yanılmıyorsam Sugranes sizin adınızdı.

— Bir yeğenim vardır bu isimde. İsabelita anasının adı, Sugranes de babasının ve benim adım. Bazen kafam karışıyor. Bana ondan söz edin.

— İsabelita Peraplana'dan mı? Ne söyleyeyim istiyorsunuz? Sınıfının en güzel kızıydı, hem de, nasıl desem, en bakireye benzeyeni. Rahibelerin gözbebeği, örnek öğrenci. Hem söz dinler, hem de dindardı.

— Ama aynı zamanda hınzır.

— İsabelita mı? Hayır, o değil. Öteki onu kışkırtıyordu, kız da saflığından oyuna geliyordu.

— Hangi öteki?

— Mercedes.

— Mercedes Sugranes mi?

— O da değil. Adı Mercedes Negrer'di. Bir elin iki parmağı gibiydiler, oysa öyle de farklıydılar ki. Bir saniyeniz var mı? Fotoğraflarını göstereyim.

— Kızların resimleri mi var?

— Elbette, üç aylıklarda.

Sehpaya gidip bir tomar dergiyle döndü.

— Nisan 71 sayısını bulun. Benim gözüm iyi görmüyor artık.

Söylediği dergiyi buldum ve "Bahçemizden Çiçekler" başlıklı yazıya gelene kadar sayfaları çevirdim. Her resim yarım sayfayı kaplıyor ve bir sınıfı kapsıyordu. Kilise girişinde çekilmiş fotoğraflarda kızlar düzenli sıralar halinde durduklarından hepsinin yüzü görülebiliyordu.

— Beşinci sınıfı arayın... Buldunuz mu? İzin verin...

Dergiyi yüzüne öyle bir yaklaştırdı ki gözünü çıkaracak diye korktum, uzaklaştırdığında, salyası kâğıda yapışmıştı.

— İşte İsabelita: son sıradaki sarışın. Yanındaki Mercedes Negrer. Resimde soldaki, bize göre soldaki değil ama. Buldunuz mu?

O an kestiremediğim bir nedenden dolayı bu beşinci sınıfın fotoğrafı bende belirsiz bir hüzün uyandırdı. Gözlerimin önünden İlsa'nın resmi uçuşuverdi, o afete uğramış kıyılarımızda, kıçını başını açarak dolaşan, ırkımız hakkında genellemelerde bulunan, jeolojik etleri olan kızcağız.

— Gerçekten de hoş bir kız. Anladığıma göre epey zevk sahibisiniz.

Belleğime İsabelita Peraplana'nın hatlarını kaydetmeye gayret ederek dergiyi geri verdim ve cahil numarası yaparak sordum:

— İyi ama neden bana beşinci sınıfların resmini gösterdiniz, ben eğitim görmedim ama yanılmıyorsam o yıllarda okul beş değil altı yılda bitiyordu.

— Yanılmıyorsunuz: altı yıl artı aynı kurumda bir yıl da fakülte eğitimi. İsabelita son sınıfa ulaşamadı.

— Neden? İyi bir öğrenci değil miydi?

— Olmaz olur mu! En çalışkanlarıydı. Aslında ne olup bittiğini ben de bilmiyorum, daha önce de söylediğim gibi aynı yıl okuldan ayrıldım ve bir daha da kızlardan haber alamadım. Bir süre aralarından birkaçının beni yoklamasını bekledim: ama kimse gelmedi.

— O zaman İsabelita'nın okulu bıraktığını nasıl öğrendiniz?

— Çünkü bir sonraki yılın Nisan sayısında fotoğrafı yoktu, söylediğim gibi rahibeler beni bir yıl bedava abone kaydetmişlerdi.

— İzin verirseniz ben de bir kontrol edeyim.

— Elbette efendim.

Nisan 72 sayısını buldum, gerçekten de altıncı sınıfın resminde İsabelita yoktu, ama aslında ben bunu biliyordum, başrahibe tımarhanede söylemişti bize. Benim aradığım başka bir şeydi ve sonunda kuşkularım gerçek çıktı: Mercedes Negrer de okul fotoğrafında yoktu. Olayı hâlâ net bir biçimde göremememe rağmen bulmacanın parçaları birleşmeye başlamıştı. Dergi yığınını düzene sokup, ayağa kalktım, bahçıvanla vedalaşmadan önce gösterdiği yakınlıktan dolayı teşekkürlerimi sundum.

— Her zaman hizmetinizdeyim, dedi. Ama eğer ayıp olmazsa bir şeyi öğrenmek istiyorum.

— Buyrun!

— Neden geldiniz?

— Okulun bahçıvan kadrosunun boşaldığını duydum. Sizi ilgilendirebileceğini düşündüm, eğer hâlâ cesaretiniz varsa. İsterseniz iki gün içinde başvurun ve sakın benim gönderdiğimi söylemeyin: sendika sorunu.

— Franco zamanında daha iyi yaşıyorduk, diye mırıldandı ihtiyar bahçıvan.

Ben de:

— Ne demezsiniz! deyiverdim.

VIII

Evlilik Öncesi Usulsüz Bir Griş

Peraplana'ların adresini telefon rehberinden buldum (iki Peraplana vardı, biri Verneda'da nasırcılık yapıyordu). Evleri Kraliçe Christine Eugenie sokağındaki tek villaydı. Öteki binalar, geniş camlı balkonları olan, göz kamaştırıcı girişlerde rengârenk üniformalı kapıcıların dolaştığı kırmızı tuğladan lüks yapılardı. Bu düşleri süsleyen antrelerden birinin önünde bir grup üniformalı hizmetçi toplaşmıştı: kadınlar üzerinde yüzde yüz etki yapan o hafif yandan yürüyüşümle onlara doğru gittim.

— Hello güzeller, dedim en baştan çıkarıcı havamla.

Onca pervasızlığım kıkırdamalar, fıkırdamalarla karşılandı.

— Şuna bakın hele: Sandokan geldi ! diye haykırdı hizmetçi kızlardan biri.

Bir süre dalga geçmelerine izin verdim, sonra derin bir efkâr numarası çektim. Usuldan apış arama bir çimdik attım, gözlerimde iki damla yaş beliriverdi. Hepsi iyi yürekli olan saf yavrucaklar hemen bana acımaya, derdimi sormaya koyuldular.

— Berbat şeyler oldu, anlatayım: Adım Toribio Sugranes, askerliğimi burada, şu güzel evde oturan Bay Peraplana'nın bölüğünde yapmıştım. Bir gün kampta, şaşkın katırın teki ona bir çifte attı, ben araya dalıp Peraplana'nın hayatını kurtardım, şu boş yerini gördüğünüz gibi dişimi de orada bıraktım. Tahmin edebileceğiniz gibi Peraplana çok müteşekkir kaldı ve bana, eğer bir gün herhangi bir ihtiyacım olursa mutlaka gelip kendisini bulmamı söyledi. Aradan yıllar geçti, şimdi şu görüntümden anlayacağınız gibi çok zor bir durumdayım. O eski sözü anımsayıp bu sabah Peraplana'nın kapısına dayandım, şükran borcunu ona anımsatmaya kararlıydım: neyle karşılaştım dersiniz? Kollarını mı açtı? Haydi canım! Kıçıma bir tekme!

— Ne bekliyordun yavrum? diye araya girdi karılardan biri.

— Sen hangi ormandan kaçtın? diye sordu bir başkası.

— Bu saflıkla sen bebekleri de leyleklerin getirdiğine inanırsın, dedi bir üçüncüsü.

— Onunla alay etmeyin, dedi en aklı başında görünenleri, on altısından fazla olmayan bir kır çiçeği. Zenginlerin topu da inektir, nişanlım söyledi, PSUC militanlarındandır.

— Kötü konuşmayın diye çıkıştı beşinci kız, azıcık kısa üniformasından iştah açıcı butları gözüküyordu. Katır hikâyesinin üzerinden yıllar geçmiş ve görünüşe göre bu yıllar Peraplana'da sizden çok daha fazla iz bırakmış, kuzucuğum. Sen, askerliği birlikte yaptığınızdan emin misin?

— Evet ama ben kontenjandan gittim, yani erken aldılar, oysa Peraplana bütün tecillerden yararlanıp geç gitmiş. Çok akıllıca belirttiğin o yaş farkının nedeni de bu, güzelim.

İri butlu kız ayaküstü uydurduğum açıklamadan hoşnut kalmış gibiydi, ekledi:

— Gördüğüm kadarıyla Peraplana'lar dürüst insanlardır. İyi para verirler, aza çoğa bakmazlar. Ama bu aralık düğün dolayısıyla akılları pek başlarında değil.

— İsabelita evleniyor mu ? diye sordum.

— Ay o da mı askerliği seninle yapmıştı ? diye daldı şişman, kafasının hızlı işlemesi benim için tehlike olmaya başlamıştı.

— Peraplana, iznini Salou'da geçirirken nişanlısını gebe bırakmıştı: askerliği bitirince evlendiler. Kızım olursa adını İsabelita koyacağım, demişti o zamanlar. Zaman ne kadar da çabuk geçiyor !...Ah, yavrucağı görmeyi ne kadar isterdim şimdi ! Onca anı...

— Seni düğüne çağıracaklarını hiç sanmam tatlım, diye sözümü kesti PSUC'lunun nişanlısı. Duyduğuma göre damat para babasıymış.

— Yakışıklı mı bari ? dedi meraklı biri.

— Televizyon takdimcisi sanırsın, dedi bilmişce, kır çiçeği.

Geç olmaya başlamıştı ve hizmetçi kızlar ani bir gürültüden ürküp, hafiflemek için kakalarını yapıp uçuşan kumru sürüleri gibi sağa sola dağıldılar. Issız sokakta bir başıma kalakalmıştım, bir an durup yeni bir plan kurdum ve hemen onu uygulama amacıyla artık benim için büyük mağazalara dönüşmüş olan çöp tenekelerine başvurdum yine. Bir kutu, biraz kâğıt, bir ip ve bir iki ıvır zıvırla bir paket oluşturup Peraplana'ların yolunu tuttum. İç açıcı bir bahçeden geçtim, çakıllı yolda iki Seat ve bir Renault otomobil dinlenmedeydiler, ayrıca mermer bir çeşme, bir salıncak ve yollu bir şemsiyenin güneşten koruduğu beyaz bir masa. Kurşunlu camdan yapılma giriş kapısının önünde durup zile bastım, zıırrrr sesi vereceğine ding dong dedi. Bu sese göbekli bir kâhya karşılık verdi. Kibarca selamladım.

— Sugrañes mücevhercisinden geliyorum, dedim,

74

Paseo de Gracia'daki, Bayan İsabel Peraplana'ya bir düğün armağanı getirdim. Küçükhanım burada mı?

— Evet. Ama şu an sizi kabul edemez, dedi kâhya. Paketi bana verin ona ulaştırırım.

Cebinden para çıkarttı, açlıktan ölmekte olan ben, parayı kabul edip, koşarak kaçmayı düşündüm bir an. Ama bu adi eğilimi yenip, adamdan uzaklaşarak, paketi sağlama aldım.

— Küçükhanımın teslim makbuzunu imzalaması gerek.

— Benim imza yetkim var, dedi mağrur kâhya.

— Ama eğer Bayan İsabel Peraplana benim önümde, kendi eliyle imzasını atmazsa bu teslimatı yapamam. Bizim mağazanın kuralıdır bu.

Kararlılığım kâhyayı duraksattı.

— Küçükhanım şu an gelemez dedim size; terzisi yanında, prova yapıyor.

— Bakın şöyle yapalım, diye bir teklifte bulundum. Dükkâna telefon edin, eğer izin verirlerse büyük bir memnuniyetle sizin sadece imzanızı değil, şeref sözünüzü de kabul ederim.

Böylesine mantıklı bir teklif karşısında kâhya yana çekilip içeri girmeme izin vermek zorunda kaldı. Holde telefon olmaması için bildiğim bütün azizlere dualar ettim, duam kabul edildi. Yüksek ve kavisli tavanlı yuvarlak holde hemen hiç mobilya yoktu, sadece bronzdan yapılma çıplak kadın ve cüce heykelleri ve küçük palmiyeler vardı. Kâhya telefon etmek üzere ofise giderken orada beklememi işaret etti. O ana kadar ofis sözcüğünü ben hep hela filan sanırdım, ama şaşkınlığımı belli etmedim. Mücevhercinin telefon numarasını sorduğunda anımsayamadığımı bildirdim.

— Rehberde arayın. Mücevherci Sugranes. Bulamazsanız Sugranes mücevherci, diye arayın. Yine bulamazsanız, mücevherciler sütununa bakın. Baba Sugranes'i isteyin, oğlan geri zekâlıdır, karar veremez.

Kâhya gözden kaybolur kaybolmaz, karşımdaki üzeri halı kaplı merdivenleri dörder dörder çıkmaya başladım. Üst kata varınca, karşıma çıkan her kapıdan içeri baktım, üçüncü girişimimde aradığımı buldum. İçerde iki kişi vardı: yaşlı olanı terzi olmalıydı, çünkü kolundaki başçavuş işaretine benzer iğne yastığının üstü iğne iplikle doluydu. Öteki ise İsabel Peraplana'ydı. İffetli bahçıvanın bana göstermiş olduğu resim çekileli yıllar geçmişti, ama şu an önümde durmakta olan kadın, adama tren durdurtacak kadar güzelliğinin zirvesindeydi. Küçük beyaz çiçeklerden oluşmuş bir tacın süslediği sarı saçları dalgalar halinde omuzlarına dökülüyordu. Üzerinde giysi olarak sadece minicik bir beyaz sutyen ve deliklerinden sarı buklelerin fışkırdığı ince dantelden küçücük bir külot vardı. Tabloyu tamamlamak amacıyla her iki kadının da ağızlarının açık olduğunu ve kuşkusuz beklenmedik tezahürüm nedeniyle her iki delikten de dehşet dolu çığlıklar yükseldiğini eklemeliyim.

— Mücevherci Sugranes'ten çok değerli bir armağan getirdim, diye telaşla söze koyuldum, yalancı paketi salladığımda, içinde değerli madenler olduğu sanılsın diye koyduğum iki boş sardalye kutusunun tıngırtıları duyuluyordu.

Ama bu sözlerim, kadınlarda yaratmış olduğum şaşkınlığı gideremedi. Gözüm kararmıştı, terzi kadına doğru hamle edip, kükredim:

— Seni kıtır kıtır yiyeceğim, ödlek karı.

Bunun üzerine yaşlı kadın koridora fırladı, Parmak çocuğun ardında ekmek kırıntıları bırakması gibi bu da yerlerde iğnelerden izler bırakarak hem koşuyor, hem olanca gücüyle bağırıyordu. Terziden kurtulunca kapıyı

76

kapatıp sürgüyü çektim. Sonra da İsabelita'ya döndüm, korkudan dili tutulan kızcağız, bir yandan bana bakıyor, bir yandan da önemli bir görevim olmasaydı beni zıvanadan çıkarabilecek olan cicilerini elleriyle örtmeye çabalıyordu.

— Bayan Peraplana, diye söze başladım, çok az vaktimiz var. Bütün dikkatinizle beni dinlemeye çalışın. Ben Sugranes mücevhercisinin adamı değilim, bu isimde bir firma olduğunu bile sanmıyorum. Bu paketin içinde sadece boş konserve kutuları vardır ve görevi de benim evinize girebilmemi sağlamaktır, sizinle baş başa görüşebilmek amacıyla böyle bir aldatmacaya başvurdum. Benden korkmanız için hiçbir neden yok. Ben ancak dün serbest bırakılmış bir sabık suçluyum. Polis beni tekrar içeri tıkmak amacıyla arıyor, çünkü bir cinayete ya da silahlı heriflerden biri bahçıvana dokunmuşsa, iki cinayete karışmış olduğumu sanıyorlar. Aynı zamanda bir uyuşturucu olayına da bulaşmış bulunuyorum: kokain, amfetaminler, asit. Eğer zavallı orospu kız kardeşim kodese tıkılmışsa onun da sebebi benim. Ne kadar dramatik bir örgü içinde olduğumu anlamışsınızdır. Benden korkmanız için hiçbir neden bulunmadığını yineliyorum: iddia ettikleri gibi kaçık değilim, hele cani hiç değilim. Biraz şarap, çöp ve koltuk altı teri kokuyorum kuşkusuz, ama bütün bunların da mantıklı bir açıklaması var ve birazcık vaktim olsaydı bunları bütün içtenliğimle size anlatmaya hazırdım, ama ne yazık ki yok. Anlattıklarımı izleyebiliyor musunuz?

Kafasını salladı ama pek de kanmışa benzemiyordu. Herhalde bu da onca pohpohlamanın şımarttığı kızlardan biri diye düşünmeye başladığım sırada, kâhya kapının öbür yanında derhal açmam için böğürmeye başlamıştı.

— Bir tek şeyi çok iyi anlamanızı istiyorum: zavallı kız kardeşimin ve benim özgürlüğüm araştırmalarımın başarısına bağlı. Bunun sizin için en ufak bir önemi olmayabilir, özellikle de mahallenin küçük hizmetçi kızlarının bana bildirdiklerine göre hem genç, hem yakışıklı, hem de paralı bir beyle evlenmenizin arifesinde. Ha, damat için hem de şanslı da diyebilirim götüreceği malı gördükten sonra, yeri gelmişken sonsuz mutluluk dileklerimi de sunmak isterim, efendim. Ama, az önce de belirttiğim gibi...

— Polis geliyor, diye haykırdığını duydum kâhyanın. Ellerinizi havaya kaldırıp dışarı çıkın, size bir kötülük etmezler.

— ...aynen belirttiğim gibi, bu olayı çözmem gerek ve bunun için de sizin işbirliğiniz çok önemli küçükhanım.

— Benden ne istiyorsunuz? diye sordu genç kız soluk soluğa.

— Saint-Gervais lazarist sörler okulunda okumuştunuz, değil mi? Evet öyle, biliyorum, "Meryem'e Güller" dergisinin Nisan 71 sayısında resminizi gördüm.

— Evet o okula gitmiştim, bu doğru.

— Gitmemiş, orada yatılı okumuştunuz. Beşinci sınıfa kadar. Çalışkan, iyi bir öğrenciydiniz, rahibeler de sizi seviyorlardı. Ve sonra bir gece kayboldunuz.

— Neden söz ettiğinizi anlayamadım.

— Bir gece, esrarengiz bir biçimde yatakhanenizden çıkıp, bir sürü kapalı kapıyı açıp, köpekler adım seslerinizi duymadan bahçeden geçip, aşılmaz diye bilinen parmaklık veya duvardan atlayıp kayıplara karıştınız.

— Siz zır delisiniz, diye sözümü kesti kız.

— Hiç iz bırakmadan kayboldunuz, bütün Barselona polisi nerelerde gizlendiğinizi bulamadı ve iki gün sonra aynı yolu bu kez tersinden katederek, sanki hiçbir şey olmamış gibi yatakhanenize döndünüz. Başrahibeye hiçbir şey anımsamadığınızı söylemiştiniz, ama bu belki de doğru değildi. İki kez üst üste bunca hüneri nasıl gösterdiğinizi anımsamamanız doğru olamaz. Neler olduğunu bana anlatın. Tanrı aşkına anlatın bana; hem masum bir yavrucağın bilinmeyen bir yazgıdan kurtulmasına katkıda bulunacaksınız, hem de hemcinslerinin saygısını, artı iyi bir duşu hak eden bir zavallıyı topluma kazandırmış olacaksınız.

Koridorda topuk sesleri duyuldu, sonra kapıda bir yumruk sağanağı: polis. Korkuyla genç kıza baktım.

— Yalvarırım İsabel.

— Bana neden söz ettiğinizi bilemiyorum. İstediğiniz her şeyin üstüne yemin ederim, gerçekten neden söz ettiğinizi anlayamadım.

Sesinde umutsuz bir içtenlik belirtisi vardı, doğrusunu söylemek gerekirse o an konuşurken kahkahalar bile atmış olsa, cevabını kabul etmekten başka çarem kalmamıştı, çünkü kanadın menteşeleri kopmak üzereydi ve üst kısmı kırılmış kapıdan bir cop sallanıyordu. Ben de neden olduğum sıkıntılardan dolayı özür dileyip, kendimi kafa üstü pencereden fırlattım, aynı anda güvenlik yetkilisi yakalamak amacıyla, kurallara uygun olarak eldiven takılmış elini bana doğru uzatmıştı.

Çakıllara park etmiş Seat'lardan birinin üstüne düştüm, pek maddi hasarım olmadı, yalnızca antene takılan pantolonumun arka kısmı yırtıldı ve ben de birden kendimi, yıldızlarımızın kolaylıkla boyun eğdiği, bizi kaplayan erotizm dalgasına katılmış buldum, o yıldızlar ki epey uzakta kalmış bir dünde dipdiriyken etlerini iyice saklamışlar, bugünse pörsüklüklerini ortalığa döküvermişlerdi. Arkamdan gelen polis, aldığı paranın gireceği riski karşılamayacağına aklı yatmış olmalı ki makinelisinin şarjörünü Seat'a boşalttı, motor, karoseri ve camlar gravyer peynirine döndü, oysa ben çoktan oradan uzaklaşmıştım. Ha bu arada gravyer peynirinde delik olmadığını biliyorum, aslında delikli olan şu an adını unutmuş bulunduğum bir başka peynirdir, bu benzetmeyi yapmamın nedeni bizim dilde delikli olanlara bu iki peynirden birincisinin adının verilmesinin âdet olmasıdır. Ha bu arada delik deşik olmuş arabanın patlamadığına sevindim, aslında televizyon dizilerinde bu durumdaki arabalar hep patlarlar, aslında gerçekle kurgu arasında bir uçurum olduğunu hepimiz biliyoruz ve sanatla yaşamın her zaman birarada yürümediklerini de.

Söylediğim gibi arabadan yere atladım, oradan da bir sıçrayışta çiti aştım ve kafamı koçbaşı gibi kullanarak çığlıklar ve silah seslerinin oraya topladığı insanları yara yara şaşırtıcı bir çeviklikle yokuş aşağı koşmaya başladım. Polis güçlerinin bir ırz düşmanının peşinde olduklarını sanmaları benim en büyük şansımdı. Çünkü, böyle bir durumun gerektirdiği hafiflik ve küçümsemeyi takındılar, yoksa bir teröristle karşı karşıya olduklarını sansaydılar bütün evleri kuşatıp, ellerindeki tüm çağdaş teknolojiyi seferber etmeye kalkarlardı.

Emin bir yere sığınınca durumu gözden geçirdim: kem küm etmeye gerek yok, İsabel Peraplana'yla görüşmem bir fiyasko olmuş, elde ettiğim sonuca karşılık çok büyük risklere atılmıştım. Ama kendimi hiç de hapı yutmuş gibi bulmuyordum: oynanacak son bir kozum vardı: Mercedes Negrer. Birkaç saat öncesine kadar bu isimden oybirliğiyle hiç söz edilmemiş, saklanmıştı, bunun iştah kabartıcı birtakım nedenleri olabilirdi.

IX

Kırda Bir Gezinti

Telefon rehberinde 10 Negrer vardı. Hep merak et-
mişimdir, yetkililer neden aynı soyadlarının kullanılma-
sına izin verirler diye, hem vatandaşın kafası karışıyor,
hem de özel bir ad olmanın hiçbir yararı kalmıyor. Ör-
neğin, yirmi yerleşim merkezine Segovya adını versek
bizim etkin posta servisimiz ne hale gelir? Birçok araba
aynı plakayı taşısa kesilen trafik cezalarını kimlerden
toplarız? Bir mönüdeki bütün yemeklerin adı tavuk çor-
bası olsa damak zevkimizi nasıl tatmin ederiz?

Aslında şu an idari reformlar konusunda kafa patlat-
manın zamanı değildi, ben de düşüncelerimi orada ke-
sip, yararlı olabileceğini sandığım bir çalışma üzerine
eğildim ve öyle de oldu. Şimdiye kadar bana iltimas
geçmiş olan talihim suratını astı, dokuz sıkıcı telefon ko-
nuşmasından sonra, esrik bulduğum bir kadın sesi Mer-
cedes Negrer olduğunu söyledi.

— Size hürmetlerimi sunabilmek ne büyük zevk, de-
dim telaffuzumu değiştirerek. Burası İspanyol Televiz-
yonu, Prado del Rey'deki stüdyolarımızdan sizi arıyo-
rum. Ben program yöneticisi Rodrigo Sugranes. Kıymet-
li vaktinizin birkaç saniyesini de bize feda etmek lütfun-
da bulunur muydunuz acaba? Evet mi? Başka türlü

olamazdı zaten ! Yakında anlayacaksınız, yaşadığımız günlere uygun, yeni bir aktüalite programı oluşturmaktayız, adı "Gençlik ve Demokrasi". Bu nedenle ellili yıllarda doğmuş olup yakında oy verme hakkına kavuşacak kişileri kameralarımızın karşısına getiriyoruz. Anladınız yani...gayet hızlı bir biçimde...öğrendiklerimize göre siz de aşağı yukarı..bir saniye bekleyin, söylemeyin...(Çabucak hesap yaptım, 1977 eksi 20)...57'de doğmuştunuz. Yanılmıyorum değil mi ?

— Yanılıyorsunuz, dedi ses. Ben... Hem size ne, ne zaman doğduğumdan ? Siz kızımla konuşmak istiyordunuz herhalde...

— Acı bir hata madam, ama sizi kızınız sanmam çok doğal. Öyle genç bir sesiniz var ki, makamdan makama geçiyorsunuz şakıyarak... Acaba kızınızı telefona çağırabilir misiniz ?

Ne yapacağımı bilemediğim bir sessizlik oldu.

— Hayır... Kızım burada değil.

— Ne zaman döneceğini biliyor musunuz ?

— Burada oturmuyor.

— O zaman, bana kızınızın adresini vermek nezaketini gösterebilir misiniz ?

Yine bir duraksama... Kafası uçuk bir kıza sahip olmak gibi bir yüzkarası olan bu aile, yoksa yeni bir ceza mı bekliyordu ?

— Kızımın nerede olduğunu size bildiremem bay Sugranes. İnanın, üzgünüm.

— Madam, vatanımızın bütün yuvalarında her akşam hazır ve nazır İspanyol televizyonu ile işbirliğine girmeyi red mi ediyorsunuz ?

— Ama bana dediler ki...

— Madam de Negrer, beni iyi dinleyin ! Size kim ne dedi bilemiyorum, sizi temin ederim ki ben burada kendi adıma konuşmuyorum, bizi her gün izleyen milyonlarca televizyon seyircisi adına da konuşmuyorum. Size bir sır vereyim, Sayın Basın Yayın ve Turizm Bakanı, tabii bu yüce bakanlığın adı henüz değişmemişse, bu pilot programa özel ilgi gösteriyor. Madam...

Kapatmasından korktum. Hızlı soluk sesleri duyuyordum. İki meme arasından süzülen bir ter sızıntısı, inip kalkan bir göğüs gözümün önüne geldi. Bu abuk sabuk düşleri kafamdan atmaya çalıştım. Kadın konuştu:

— Kızım Mercedes hâlâ Pobla de L'Escorpi'de oturuyor. Eğer sayın bakan, söylediğiniz gibi ilgileniyorsa, belki de yetkili...merciler... katında yardımcı olup...bu acı dolu sürgüne bir son verdirebilir.

Anlattıklarının bir kelimesini bile anlamamış, ama aradığım bilgiyi elde etmiştim: önemli olan da buydu.

— Merak etmeyin efendim, televizyonun yerinden oynatamayacağı taş yoktur. Binlerce teşekkür ve yakında görüşmek üzere. Kayda geçiyoruz.

Köpek kokan kulübeden çıktım, korse satan dükkânın cephesini süsleyen sekizgen saate bakıp benimkini ayarladım: altı buçuk. Yine kulübeye dalıp, bilinmeyen numaralardan Demiryollarının numarasını istedim, kırk kez aradıktan sonra mucize gerçekleşti ve telefon açıldı. Pobla de L'Escorpi'ye son tren yirmi dakika sonra Cercanias garından kalkıyormuş. Bir taksi durdurup, şoföre gara vaktinde ulaşırsak iyi bir bahşiş vereceğimi söyledim. Yolun yarısını kaldırımlardan aşmak suretiyle geçip, kalkışa iki dakika kala gara vardık. Kırmızı ışıktan yararlanıp taksiden atladım ve yığın yığın arabanın arasından süzülerek kaçmayı başardım. Şoför arabasını bırakamadığından peşimden gelemiyordu, canı gönülden küfretmekle yetindi.

İs lekeli hole daldığımda kalkış saati gelmişti, hangi

perona gitmek gerektiğini araştırırken bir dakika daha geçti. Acelemin hedefini sonunda yakaladığımda tren şekil almaya başlamıştı (demiryolu lisanında kullanılan bir terimdir, ama anlamını bir türlü çözemedim). REN-FE'nin atasözlerine geçmiş dakikliği beni kurtarmıştı.

Peron, ne diyorum, bütün gar cehennemin göbeğiydi adeta. Yıl be yıl, güneşimizin okşayışının, plajlarımızın tıklım tıklımlığının, kavun dilimi, kökeni meçhul etlerden köfteler, bol su basılmış gazpacho gibi aşlarımızın devalüe olmuş fiyatlarının peşine düşüp, bu ülkeyi ziyarette ısrar ve inat eden gürültücü ve bol paralı turistler gözüme ilk çarpanlar oldu. Hımhım hoparlörlerden yükselenleri kendi dillerine çevirmek gibi boş bir uğraşıya sardırmışlardı. Bu hengâme arasında, bir çocuğun elindeki, bana yasal yolculuk etme hakkı sağlayacak, kahverengi karton parçasını kapıverdim. Daha sonra, kontrolörün sert bakışları altında küçük oğlunu tokatlayan haşin ana tablosu gözümde canlanıverdi. Biraz yüreğim burkuldu, ama belki de bu ders, çocuğa ilerde yararlı olur, diye düşünerek teselli buldum.

Tren kentin son görüntülerinden kopup, kasvetli kırlara daldığında karanlık çökmeye başlamıştı bile. Vagonun dolu olmasına ve bazı yolcuların dar koridorda dikilip durmalarına rağmen yanıma oturan olmadı; koltuk altlarımdan yükselen iğrenç koku nedeniyle kuşkusuz. İnsanların bu önyargılı tutumlarından yararlanmaya karar verip, oturduğum yere boylu boyunca uzandım, sonunda yorgunluğa yenik düşüp uyumuşum. Laubali sosyolog İlsa'nın da eksik kalmadığı düşlerim, sonunda açık seçik erotikleştiler ve kontrolü imkânsız bir patlamayla son buldular, organizmamın çelişki ve değişkenliklerini bilimsel bir merakla izleyen vagondaki çocuklar için eğitici olmuşumdur sanırım.

İki saat sonra tren, yüzyıllık is ve adamsendeciliğin kararttığı kerpiç bir hangarın önünde durdu. Perona, üzerlerinde, *Mamasa Süt Ürünleri, Pobla de L'Escorpi* yazılı bir metre yükseklikte madeni bidonlar yığılmıştı. İstediğim yere ulaşmış olduğumdan indim.

Karanlık ve taşlı bir keçiyolu garı köye bağlıyordu. Sadece böcek vızıltıları ve ağaç hışırtılarının böldüğü sessizlikten hafiften ürkerek yola koyuldum.

Köy terk edilmişe benzerdi. Kuru Gübre Çiftliği, adlı restoran-hana başvurduğumda Mercedes Negrer'i okulda bulabileceğimi söylediler. Adını söylediğimde bay Kuru Gübre, bence adamın adıydı bu, gözlerini hafiften kapatıp dilini şaklattı ve kıllı elini vücudunun tezgâhın altında kalan bir yerlerine götürdü. Onu kıvranışlarıyla yalnız bırakıp, okula yollandım, küçük pencerelerden birinin ardından sarı bir ışık sızıyordu. Cama yaklaştığımda bomboş bir sınıfla karşılaştım, kadın hariç, evet suratını seçemediğim, kısacık siyah saçlı genç bir kadın, öğretmen kürsüsüne oturmuş, önüne yığılı ödevleri inceliyordu. Hafifçe camı tıklattım: genç kadın sıçradı. Suratımı cama yapıştırdım ve durumun uygunsuzluğuna rağmen öğretmen hanımı, çünkü bu kadın bence hem öğretmendi hem de Mercedes Negrer, rahatlatmak amacıyla gülümsemeye çalıştım.

Gözlüklerini çıkarıp pencereye yaklaşınca daha iyi tanıdım. Arkadaşı İsabelita Peraplana'nın tersine Mercedes Negrer çok değişmişti. Fizyonomisi sadece doğal biyolojik gelişmenin içerdiği değişikliklere uğramakla kalmamıştı, birkaç saat önce rezil "Meryem'e Güller" dergisinin parlak sayfalarında gördüğüm genç kızın gözlerinde bu bakışlar, dudaklarında bu asabi sırıtma yoktu. Ama yine de her şeye rağmen vücut çizgilerinin düzgün, küçük ve zarif olduğu gözümden kaçmadı: siyah kadifeden dar pantolonunun sakladığı bacakları uzun ve biçimli, kalçaları yuvarlak, endamı zarif; jarse kumaşın toparlamaya çalıştığı memeleri sağlıklı ve hop hoptular. Onun da sutyen kullanmayan kadınlar kategorisinden olduğunu düşündüm; doğrusu bu benim de onayımı almış bir kategoridir.

İşte böylece tarif ediverdiğim kişi, yukarı doğru açılan pencereyi birkaç milimetre kadar kaldırarak, kim olduğumu ve ne istediğimi sordu:

— Adımın sizin için hiçbir anlamı yok, dedim dudaklarımı aralığa sokmaya çalışarak, ama sizinle görüşmem gerek. Lütfen, beni dinlemeden önce kapatmayın. Bakın küçük parmağımı aralığa soktum, kapatırsanız narin kemiklerimin başına gelecek olanlardan siz sorumlu olursunuz. Adınızın Mercedes Negrer olduğunu biliyorum ve saygıdeğer anneniz, o soylu kadın bana adresinizi verdi, niyetim son derece temiz olmasa hiç ana gibi kutsal bir varlık bunu yapar mıydı? Açık yürekle Barselona'dan buraya sizinle, meslek dışı, bir görüş alışverişinde bulunmaya geldim. Kötülüğünüzü istemiyorum. Lütfen...

Acınacak ses tonum ve içten ifadem onu inandırmış gibiydi. Pencereyi biraz daha açtı.

— Konuşun.

— Size söyleyeceklerim çok özeldir ve sanırım epey de vakit alır. Daha tenha bir köşede görüşemez miydik? İçeri girip şu sıralardan birine ilişmeme izin verin. Eğitim hayatım çok yetersiz geçtiğinden, şimdiye dek hiçbir okul sırasında oturmadım.

Mercedes Negrer birkaç saniye düşündü, o süre boyunca ben de bakışlarımı iştah açıcı göğüslerinden ayırmadım.

— Benim eve gidebiliriz, diye karar verdi sonunda,

bu tutumu beni hem çok keyiflendirmiş, hem de şaşırtmıştı. Orada hem daha sakin bir ortamda görüşürüz, hem de eğer hoşunuza giderse size bir bardak şarap ikram edebilirim.

— Pepsi-Cola olamaz mıydı acaba ? demek cüretinde bulunabildim.

— Buzdolabımda o tür şeyler yoktur, dedi hafiften dalga geçen bir ses tonuyla. Ama eğer han hâlâ açıksa oradan bir şişe alırız.

— Bir dakika önce açıktı, ama ben size en küçük bir zahmet vermek istemiyorum.

— Zahmet olmaz. Zaten kâğıt okuyup not vermekten kafam sikildi, deyip az önce düzeltmekte olduğu kâğıtları çekmecesine koydu, gözlüklerini kılıfına bile koymadan torbasına attı, torbayı omuzuna taktı ve sınıfın ışıklarını söndürdü.

"Vakti zamanında, yani benim zamanımda demek istiyorum, öğretim bambaşka bir şeydi. "Dinler Tarihi"nin ilkel erotizmi ve bizim emperyalist davranışlarımızın şekere bulanmış masalları çocukları eğlendirirdi. Ama şimdi, değişiklik istekleri nedeniyle, bunlar, bütünlük teorileri, dilbilimsel yaveler ve kuşku verici olduğu kadar cesaret kırıcı da olan bir cinsel eğitime dönüştüler.

— Franco zamanında daha iyi yaşıyorduk, diye iffetli bahçıvanın dudaklarından topladığım vecizeyi savuruverdim.

— Geçmiş hep daha güzeldir, dedi gevrek kahkahalarla, hem ağzını hem de pencereyi açmış, bir bacağını dışarı atmıştı bile. Yardım edin de atlayayım; ani bir kendi kendimi tatmin krizi sonucu bedenimden iki numara küçük almışım bu pantolonu.

Elimi uzattım.

— Hayır dostum, böyle olmaz. Belimden tutun,

korkmayın, kırılmam. Bundan çok daha güçlü itip kakmalara uğradım. Mahçup mu, tutuk mu, yoksa sadece beceriksiz misiniz?

Vücudu vücuduma çarptı, çabucak onu bırakıp, arkam sıra yükselmeye başlayan mehtabı seyre daldım, temasının yarattığı hatırı sayılır ereksiyonu gizlemek için. Bana yaklaşması sonucu onür kırıcı aromamı duyabileceği fikri, kaybettiğim huzura kavuşmamı sağladı. Bu arada Mercedes Negrer, pencereyi kapatmış, bana az önce önünden geçmiş olduğum Restoran-Hanın yolunu tarife başlamıştı. Yol boyunca varlığımın onun için bir sevinç kaynağı olduğunu, köyün apaçık görüldüğü gibi hiçbir heyecan kıpırtısı taşımadığını ve yalnızlığın sinirlerini bozduğunu anlattı. Bu sürgüne zorlanmasının nedenini ve besbelli nefret ettiği bu yerlerden hangi nedenlerle ayrılmadığını sormadım: çünkü bu soruların karşılığının yaptığım yolculuğun amacı olduğunu tahmin ediyor ve bunların büyük bir ihtiyatla sorulması gerektiğine inanıyordum.

Şansım varmış, han açıktı ve sevimsiz patron elinde oksijeni öldüren cinsten bir sprey ve kararmış bir paçavrayla tezgâhın üzerindeki camı siliyordu. Mercedes'in istediği Pepsi-Cola'yı uzatırken, olanca utanmazlığıyla kızın vücudunu süzüyordu.

— Borcum nedir? diye sordu kadın.

— Borcunu nasıl ödeyeceğini bilirsin: o kiraz dudaklarınla... diye karşılık verdi hancı.

Böylesine bir kabalığa hiç de bozulmayan Mercedes, torbasından küçük para çantasını çıkardı ve içinden aldığı 500 pesetalık banknotu tezgâha bıraktı. Herif parayı yazar kasasına tıkıp üstünü verdi.

— Merceditas, ne zaman yapacağız şu işi, hani anlarsın ya, aramızda... Usanmıyordu şehvet düşkünü meyhaneci.

— Senin karın kadar çaresiz kalacağım zaman, dedi bizimki kapıya yönelirken.

Artık "ben de varım" demenin zamanı gelmişti ve sokağa çıktığımızda, genç kadına, sözleriyle kendisine hakaret etmiş olan o küstaha gidip haddini bildirmemi isteyip istemediğini sordum.

— Boş ver canım, dedi birkaç anlama çekilebilecek bir sesle. Onun diline vurmuş, yoksa aklından öyle şeyler geçmez. Çoğunluk bunun tersini yapar ve bence o daha kötüdür.

— Herhalde, diye başladım (ve bu arada bana sen dediğini de atlamamıştım), benim yüzümden masrafa girmenizi kabul edemem. Buyrun 500 pesetayı.

— Bir o eksikti. Paran sende kalsın.

— Benim değil ki sizin. Ayı palavra sıkarken kasadan aşırdım.

— Bu da bir hoş yahu ! diye bağırdı, keyfi yerine gelmişti.

Parayı pantolon cebine tıkıştırdı ve ilk kez alıcı gözüyle bana baktı. Biraz daha ileri gittim:

— Evinize gidersem, dedikodu çıkmayacağından emin misiniz ?

Gülümsemesi kaybolmadan gözlerini gözlerime dikerek:

— Sana ayıp olmasın ama, hiç sanmam. Zaten adım çıkmış ne biçim, kıçıma kadar yolu var.

— Üzüldüm.

— Sen palavraların gerçeğe uymadıklarına üzül. Eğitim gördüğüm o delikteki rahibelerin dedikleri gibi, bu kuytu yerlere Tanrı bile pek uğramaz. Gelenekler kaybolup, özgürlük modası çıktığından beri, genç kızların biti kanlandı, rekabet çoğaldı. Üstelik güven vermemek gibi bir sakıncam da var. Süt merkezini genişlettiklerinde, işçi olarak çalıştırmak üzere Senegallileri getirdiler. Kaçak elbet. Boğaz tokluğuna çalıştırıyor, vay süte ekmeğini batırdın, diye kovuveriyorlardı.

Kentten ve dolayısıyla temel moda akımlardan uzak olan Mercedes'in ölçüsüz sözlerinde bir yozlaşma esintisi vardı.

— Ben de düşündüm ki, elimin altında bu zenciler varken, iyi kötü demez idare ederim ve bu arada birtakım kültürel mitosların da gerçek olup olmadıklarını kontrol ediveririm. Ama deneyemedim bile. Onlar yüzünden elbet. En ufak bir kuşku duysa bu köylüler adamları linç ediverirlerdi.

— Ya sizi?

— Nasıl beni?

— Sizi linç etmezler miydi?

— Hayır, beni etmezlerdi. Çünkü ilk sokak fenerinde senin de görebileceğin gibi ben zenci değilim, bu bir. İkincisi, zaten buna alıştılar. Önceleri bana surat asıyorlardı. Ama sonra, biri, bir yerlerden duymuş, nemfoman sözcüğünü ortaya attı ve bu da köylülerin entelektüel kaygılarını yatıştırmaya yetti. Her sözün bir sihri vardır.

— İyi de, nasıl oluyor da çocuklarının eğitimini size bırakıyorlar?

— Ya ne yapsınlar? Onlara kalsa yıllar önce kovulmuştum. Ama yapamazlar.

— Yani bakanlıktan ömür boyu buraya tayininiz mi çıktı?

— Hayır. Aslında benim öğretmen sıfatım da yok. Köyün yaşayabilmesi süt merkezine bağlı: adı Mamasa. Bilmem garda bidonları gördünüz mü? Öyle mi? İşte açıklaması bu, Mamasa benim burada kalmamı istiyor ve ben de dünya batsa kalırım.

— Peki bu Mamasa'nın sahibi kim ? diye soracak oldum.

— Peraplana.

Beklediğim karşılık. O güzelim astigmat gözlerinden bir korkunun gölgesi geçti.

— Seni o mu gönderdi ? diye sordu çok hafif bir sesle.

— Hayır, hayır, ne münasebet. Ben sizin safınızdayım. İnanın bana.

Sessizlik; tam, artık bir kelime bile duymak istemeyecek, diye korkmaya başlarken,umutsuzca birilerine güvenmek ihtiyacının hissedildiği bir sesle:

— Sana inanıyorum, dedi.

Ay, dedim, ah başka şartlar altında olsaydık...

Neyse, sessiz bir sokağın ucuna tek başına dikilmiş, çok eski, taş bir binanın kapısına dayandık. Gerisinde kırsal alan başlıyordu. Uzaklarda bir dere çağıldıyor ve ay ışığı ufuktaki haşmetli dağları aydınlatıyordu. Mercedes Negrer insanın kafasında apaçık erkeklik organı çağrışımları oluşturan koskoca bir paslı anahtarla kapıyı açıp, içeri buyur etti.

İçerde kaba saba birkaç mobilya vardı. Küçük salonun duvarları, içlerinden kitaplar taşan raflarla kaplıydı. Küçük hasır koltukların ve şezlongun üstü bile kitap doluydu. Bir köşeye atılmış eski televizyon toz içindeydi.

— Yemek yedin mi ? diye sordu.

— Evet, sağol, dedim hain açlık bağırsaklarımı düğümlerken.

— Yalan söyleme.

— İki gündür hiçbir şey yemedim, diye itirafta bulundum.

— İçtenlik, en iyisi. Sana yumurta kırabilirim, sanırım jambon da kaldı. Peynir, meyve, sütüm de var. Ekmek, evvelki günden kalma, ama kızartırsak, zeytinyağı ve sarmısakla pekâlâ idare eder. Ayrıca bir poşet çorbam, bir kutu da şeftali kompostom var. Ha Noel'den kalma bademli pasta da var, ama taş kesilmiştir. Ben bunları hazırlarken sen rahatça Pepsi'ni iç. Sakın kâğıtlarımı karıştırma yoksa içinden çıkamam.

Bir telaş odadan çıktı. İçkimle baş başa kalınca bir koltuğa çöküp, iki yudum yuvarlayıverdim. Önceki günlerin koşuşturmasından yorgun, sadece ev sahibemin girişinden anladığım kadarıyla ilginç olacağını sandığım görüşmeden değil, ama göstereceği anaca şefkatten de duygulanmış olarak, hiç nedensiz ağlamak üzereydim. Ama gerçek bir erkek olarak, dayandım.

X

Katil Öğretmenin Öyküsü

Sunulan zengin yemekleri bitirmiş, biraz bayat ama bana pek leziz gelen bademli pastayı kemirirken, salondaki duvar saati 11'i vurdu. Evde bir sürü boş iskemle olmasına rağmen halıya bağdaş kurmuş oturan Mercedes sinsi bir merakla beni izliyordu. Genç kız karnı toklara has bir kanaatkârlıkla, sadece bir-iki parça peynir, bir çiğ havuç ve iki elma yemiş, sonra da bana yanımda bir iki parça 'cigaralık' olup olmadığını sormuş ve ben de olumsuz karşılık vermiştim; doğrusu da buydu, ama zaten istediği bende olsa bile ona yine "yok" derdim, çünkü ona sıralamayı tasarladığım sorulara karşılık verirken zihninin berrak olmasını istiyordum. Hani hep fırtına hazırladığı ileri sürülen o derin sessizlik, yemek sırasında masamızda hüküm sürmüştü, sessizlikten konuşma yokluğunu kastediyorum elbet, yoksa ağız şapırtısı, yutkunma, çiğneme sesleri koca evin kara taşlarında bile yankılanmışlardı. Neyse, her şey bittikten sonra, kafamı bir düzene sokup söze başladım:

— Şu ana kadar, sonsuza dek minnet duyacağım sınırsız cömertliğini kötüye kullanmaktan başka bir şey yapmadım, her zaman olmasa bile yine de pek çoğundan bizzat sorumlu olduğum, hafif sayılmayan hatalarımdan oluşan geniş yelpazeye nankörlüğün de girmesini istemediğinden, artık ziyaretimin sebebini açmayı düşünüyorum. Soruşturduğum küçük olayın çözümü pek çok olayı da halledecek. Ben, daha önce de söylediğim gibi, merhametli bir adamımdır, her zaman olmasa da. Maalesef potanın iki yanını da tanıdım, eğer bu metafor geçerliyse, çünkü aslında potanın ne anlama geldiğini bilmiyorum. Bir zamanlar atmış olduğum yanlış adımlar beni hapishaneye ve görünüşümün yarattığı etkiyi daha da beter kılmamak için adını söylemek istemediğim başka yerlere götürmüştü.

— Kes zırvalamayı ahbap, dedi.

— Bitirmedim.

— Gerekmez. Seni görür görmez neden geldiğini anladım. Kıvırtmayı bırak. Ne öğrenmek istiyorsun?

— Altı yıl önce olanları. O zamanlar on dördündeydin.

— On beş. Kızıl geçirdiğim için bir yıl kaybettim.

— Tamam, on beşe fitim, diye boyun eğdim. Neden Saint-Gervais lazarist sörler okulundan kovuldun?

— Derslere ilgisizlik ve dikkatsizlikten.

Pek çabuk cevap vermişti. Etrafımızı saran rafları gösterdim. Ne demek istediğimi anladı.

— Daha doğrusu hal ve gidişim kötüydü. Asi bir yeniyetmeydim.

İffetli bahçıvanın onu küçük şeytan diye nitelediğini anımsadım; aslına bakılırsa okuldaki bütün kızlara aynı yaftayı yapıştırmıştı.

— Öylesine kötüydün ki okuldaki disiplin cezaları bile seni düzeltemedi ha?

— Sen Simone de Beauvoir okumamışsan ben açıklayayım, o çağ genç kızların değişim çağıdır. Bazıları bu geçişi patlamasız kabullenirler. Psikiyatrlar bu olguyu iyi incelemişlerdir, ama o zamanki rahibeler bilimden habersiz olduklarından benim büyülenmiş olduğumu sanmışlardı.

— Bu durumda olan ilk kişi sen değildin ama.

— Okuldan atılan ilk öğrenci de ben değildim.

— İsabel Peraplana da mı tutkuların tutsağı olmuştu?

Öncekilerden uzun süren bir sessizlik. Tımarhanede bana uyguladıkları uzatmalı psikiyatrik tedavi nedeniyle, bunun bir anlamı olduğunu hissetmiştim, ama ne olduğunu çıkaramıyordum.

— İsabelita örnek bir afacandı, dedi sonunda anlamsız bir sesle.

— Madem örnekti, neden okuldan uzaklaştırdılar?

— Ona sor.

— Sordum bile.

— Aldığın karşılık seni tatmin etmedi mi?

— Karşılık filan almadım, hiçbir şey anımsamadığını söyledi.

— Doğru söylüyordur, diye yorumda bulundu Mercedes garip bir gülümsemeyle.

— Bana da samimiymiş gibi göründü. Ama yine de bir şeyler daha olmalı, herkesin bildiği ama söylemediği bir şeyler.

— Kendilerine göre nedenleri olmalı, eğer beni de bu "herkes"in içine katıyorsan, kendimize göre bir nedenimiz olmalı. Neden geçmişi öğrenmekte bu kadar ısrarlısın? Eğitim reformuyla falan mı ilgilisin yoksa?

— Altı yıl önce İsabel Peraplana, açıklaması mümkün olmayan şartlarda okuldan kayboldu ve yine aynı şartlarda ortalıkta bitiverdi. Sanırım bu nedenle okuldan atıldı ve sen, onun en iyi arkadaşı, hatta sırdaşı, sen de atıldın. Şimdi birtakım aceleci sonuçlarla oyalanmak istemiyorum ama bu iki kovulmanın arasında bir bağlantı olduğu ve bunların İsabelita'nın geçici sırroluşuna sıkı sıkıya bağlı olduklarını düşünmek de sanırım son derece doğal. Tabii bütün bunlar tarih oldu, köprülerin altından çok sular aktı ve şahsen, benim de hiç ilgimi çekmiyor. Ama birkaç gün önce, tam kaç gün oldu bilemeyeceğim çünkü hesabı şaşırdım, bir kız daha kayboldu. Polis beni serbest bıraktı, buna da hiçbir şekilde karşı çıkamam, çünkü yaşamın yasası böyle. O yönde bir eğilimim olsa gerçek, adalet ve daha başka kesin değerlere çağrıda bulunurdum, ama ilkeler söz konusu olduğunda yalan söylemeyi beceremem. Eğer bunu yapabilseydim, bütün yaşamım boyunca olduğum gibi bir cüruftan farklı biri olurdum. Size ne tehdit ne de vaatler savuruyorum, çünkü biliyorum ki yasal olarak ne birine ne de öbürüne başvurabilirim, hem böyle bir davranış tamamen değilse bile kısmen gülünç olur. Sizden yardım istiyorum, çünkü yapabileceğim tek şey istemek ve çünkü siz benim son umudumsunuz. Girişimlerimin sonu sizin iyi yürekliliğinize bağlı. Daha fazlasını söylemeyeceğim. Tekrar siz diye hitap etmeye başlamamı dalgınlıktan sanmayın, bunun sebebi çeşitli nedenlerden ötürü benden üstün olan kişilerle sözüm ona senli benli olmak, kendimi pek entipüften hissetmeme neden olur.

— Üzgünüm, dedi kaşlar çatık, bakışlar yoğun ve soluğu kesik. Ama ilke olarak, duygusal şantajları kabul edemiyorum. Demek pazarlık yok. Saat 11.30. Son tren gece yarısı. Hemen yola çıkarsan rahat rahat yetişirsin. Kötüye almazsan bilet paranı da veririm.

— Parayı asla kötüye almam, dedim karşılık olarak, ama saat 11 değil 12.30. Gardayken son trenin saatine bakmıştım ve siz mutfaktayken, böyle bir tepki gösterebileceğinizi tahmin ederek, duvar saatini bir saat geriye aldım. Konukseverliğinize böyle bir kahpelikle karşılık verdiğim için üzgünüm, ama size daha önce de söyledim, benim bu olaydan beklentilerim çok büyük. Kusura bakmayın.

Elinin altına ilk gelen eşyayla kafama vurup, beni sokağa atmasından korktuğum dehşet dolu birkaç saniye geçti. Gözlerinde, handan çaldığım parayı verirken görmüş olduğum o hafiften çocuksu, hayranlık ışığı pırıldadı. Rahat bir soluk aldım; misilleme olmayacak. Küstahlığına rağmen Merceditas'ın sadece yirmi saf yılı geride bırakmış olduğu aklıma gelseydi bu kadar korkmazdım.

— Senden nefret ediyorum, demekle yetindi.

Ve benim duygusal tecrübelerim, acı anılarının kalbimdeki boşluğu belirginleştirdiği dört dişi domuzla sınırlı kalmasaydı, o an çok daha başka ve haklı bir korku duymam gerekirdi. Ama yılların kafama vura vura bellettikleri kitapta, yüce tutkular bölümü eksikti dolayısıyla ne haklı bir hareket olarak değerlendirdiğim davranışının üzerinde, ne de az önceki tıkınmaya yorduğum, kederli sesinin bağırsaklarımda uyandırdığı kıpırtı üzerinde kafa yormadım.

— Konuşmaya bıraktığımız yerden başlasak iyi olur, dedim. Neden okuldan atıldınız?

— Birini öldürdüğüm için.

— Pardon?

— Somut karşılıklar istemiyor musun?

— Bana olanları anlatın.

— Bildiğin gibi İsabel Peraplana'yla ben yakın arkadaştık. O uslu, saf ve şapşal bir kızdı. Bense muzır, erken gelişmiş bir kötülük timsali. Ailesi zengindi, benimki değil. Muazzam özveriler karşılığında beni yatılı okulda okutabiliyorlardı, ama bunları sırf benim için yapmıyorlardı; onlara göre bir tür sosyal basamaklarda yükselme yoluydu bu, hiç değilse bilinçsizce... Sanırım ailemin aristokrasi konusundaki düşlerini paylaşıyordum. Peraplana'ların gölgesinde yaşıyor, tatillerimi onlarla birlikte geçiriyor, arabalarıyla sağa sola gidiyordum, bana giysiler ve daha başka şeyler veriyorlardı... Kısacası bildik hikâye!..

— Ama ben hayatımda ilk kez işitiyorum.

Kafamdaki bulanık zenginlik imgelerine yeniyetme bir Mercedes'i de katmaya çalışıyor ama kızı bir türlü yuvarlaklıkları olmadan düşünemiyordum.

— Tahmin edebileceğin gibi, diye devam etti, bu durum bende narsistik bir yara bıraktı, ama kişiliğimin gelişmesinin o safhasında bunu zorlukla akıl ölçülerine uydurabiliyordum. Kısacası egom bu olaydan epey sarsıldı.

— Sadede gelelim lütfen.

— Her şey ne zaman başladı, nasıl başladı, bilemiyorum. Bir gün, ben yanında yokken, İsabel Peraplana bir herifle tanışmış. Şımarık çocuk kafasından neler geçti, onda ne gördü, ya da adam ne amaçla kızdaki hangi derin içgüdüleri uyandırdı, bilemiyorum. Kısacası herif kızı tavladı.

— Acaba ?..

— Öyle bir şey demedim, diye kesti Mercedes. Ben sadece duygusal tavlamadan söz ediyorum. Ötekiler varsayımdan öteye geçmez.

— Neden varsayım olsun ? Size hiçbir şey anlatmadı mı ?

—-Neden bana birşeyler anlatsın ki ?

— En yakın arkadaşıydınız.

— Bu tür şeyler en yakın arkadaşa anlatılmaz, sevgilim. Ne olduysa oldu, İsabel adamla buluşmak üzere bir gece okuldan kaçtı.

— Size planlarından söz etmemiş miydi ?

— Hayır.

— O zaman adamla buluşmak üzere okuldan kaçtığını nasıl biliyorsunuz ?

— Dur, gelecek... Bırak konuşayım, sözümü kesme. Ne diyordum ha, İsabel adamla buluşmak üzere okuldan kaçtı. Ben, davranışlarında bir değişiklik sezinlediğimden, zaten tetikteydim. Kaçışını gördüm ve ona fark ettirmeden izlemeye başladım. Kesme dedim sözümü. Buluşma yerine varınca, orayı bulmam da pek kolay olmadı. Korkunç bir sahneyle karşılaştım. Ayrıntıları geçiyorum. Belki bugün bana normal görünebilirdi. Ama o dönemde daha çocuktum ve Pireneler de Pireneler'di, o zamanlar. Sana daha önce de söylediğim gibi, bana yapılan bunca iyilik ve incelikten dolayı kendimi İsabel'e borçlu hissediyordum. Belki de o an sosyal konumumun başka bir biçimde telafisine imkân vermeyeceği, yapılan iyiliklere karşılık vermek için iyi bir fırsat diye düşündüm. Fazla kafa patlatmadan bir bıçağı tuttuğum gibi alçak herifin sırtının ortalık yerine yerleştiriverdim: o da oracıkta ölüverdi. Ama daha sonra, cesedi ne yapacağımızı bilemedik. İsabel isteriktir, babasını çağırdı, o da hemen gelip olaya el koydu. İsabel'in kaybolmasından kaygıya kapılan rahibeler polise başvurmuşlardı. Peraplana, Ahlak Zabıtasından Flores diye birini gördü.

— Cinayet Masası, diye düzelttim.

— Hepsi bir işte. Polis anlayışlı davrandı. İsabel de, ben de ceza yaşına ulaşmamıştık henüz. Ortada bir meşru müdafaa durumu olduğunu kabul ettiler. İsabel okuldan alındı. Sanırım o dönemde moda olduğu gibi, İsviçre'ye gönderildi. Beni de buraya postaladılar. Peraplana'nın mülkü olan süt merkezi bana bir aylık ödüyor. Daha sonra, özgür yaşamak ve hayatımı kazanmak iznini de elde ettim. İşte böylece ilkokul öğretmeni oldum. Gerisinin zaten olayla ilgisi yok.

— Peki annen baban nasıl bir tepki gösterdiler ?

— Ne diyebilirlerdi ki ? Hiç. Ya Peraplana'nın kararı ya ıslahevi.

— Seni görmeye gelirler mi ?

— Noel'de, Kutsal Hafta içinde. Çekilebilir bir angarya.

— Bu kadar kitap nereden çıktı ?

— Başlangıçta annem gönderiyordu, ama o sadece Planeta ödülü alanları seçiyordu. Sonunda Barselonalı bir kitapçıyla temasa geçtim, bana katalog yolluyorlar, ben de siparişlerimi veriyorum.

— Barselona'ya dönecek olsan, ne olabilir ki ?

— Bilmiyorum ve bilmek de istemiyorum. Suç sicile işlenmedi.

— Neden Peraplana'ların himayesi Madrid'de, Barselona'da ya da başka bir yerde sökmüyor ?

— Bu himaye her şeyden uzak olduğum takdirde etkili oluyor. Ölmüş gibiyim. Küçük bir köy kapalı bir yerdir. Üstelik burada bir de süt merkezi var.

Saat 12'yi çaldı.

— Son soru: Bıçağın sapı tahtadan mıydı, madeni mi ?

— Ne önemi var ?

— Bilmem gerek.

— Of tanrım ! Yetti bu kadar soru! Saat bir. Haydi uyuyalım.

— Haydi uyuyalım ama saat bir değil. Saat hakkında söylediklerim doğru değildi. Burada kalabilmek için anında uydurdum. Yine binlerce özür dilerim.

— Ne önemi var, dedi, saate mi, bıçağa mı atıf yaptığını belirtmeden. Buraya geldiklerinde annemle babamın kaldıkları odada yatarsın. Çarşaflar belki biraz nemli gibi gelir, ama temizdirler. Sana bir de örtü veririm, sabaha karşı serinlik çıkıyor.

— Yatmadan önce duş yapabilir miyim?

— Hayır. Saat onda suyu kesiyorlar. Sabah yedide veriyorlar. Sabret.

Aşınmış birkaç basamağı tırmandık ve bana eğik tavanlı, çıplak taş duvarlı, çürük kirişleri olan bir oda gösterdi, tam ortalık yerde cibinlikli, tavanlıklı iki kişilik bir yatak duruyordu. Mercedes Negrer, bir dolaptan naftalin kokulu kahverengi bir örtü çıkardı. Lambanın nasıl çalıştığını gösterdi ve çekilip kapıyı kapatmadan önce tatlı düşler diledi. Adımlarının uzaklaştığını, bir başka kapının açılıp kapandığını ve bir sürgünün çekildiğini duydum. Yorgundum. Soyunmadan yattım, bana öğretildiği biçimde ışığı söndürdüm ve bu garip kadının bana anlattığı yalanlar dizisine inanılır bir açıklama bulmaya çalışarak kütük gibi sızdım.

XI

Büyülü Lahit Odasında

Bir gürültüyle uyandım. Ne nerede bulunduğumu, ne de ne yaptığımı çıkarabiliyordum, korku ahtapot kollarıyla anlama yeteneğimi felç etmişti sanki. El yordamıyla, daha çok içgüdülerimle, yatağın tepesinden sarkan elektrik kordonunu bulup düğmeye bastım, ama zifiri karanlık bana mısın demedi, belki cereyan kesilmişti, belki de ben kör olmuştum. Duş yapmışım gibi soğuk terler bastı her yanımı, her panikleyişimde böyle olurum, bir de kontrol edilemeyen bir dışkılama isteği. Etrafı dinledim, koridordan adım sesleri geliyordu. Hâlâ etkisinde olduğum geceki olaylar şimdi tehdit dolu, yeni bir dış görünüşe bürünmüşlerdi: yediklerim, kuşkusuz, zehirliydi. Sohbetse, bana güven verip, beni daha kolay bir ava dönüştürmek için tezgâhlanmıştı; oda, en karmaşık hapis ve işkence mekanizmalarıyla donatılmış bir fare kapanı. Ve şimdi; öldürücü darbe; sinsi ayak sesleri, bir cop darbesi, bir hançer, cesedin parçalanması, çağıl çağıl nehrin kıyısındaki en kuytu selvilerin altında mahzun parçalarımın gömüldüğü mezar; aç solucanlar, unutuluş, varolmamanın kara boşluğu. Öldürülmemi kim tasarlamıştı ? Küçük bir orman hayvanı gibi içinde debelendiğim ağı kim örmüştü ? Canıma kıyacak el kime aitti ? Mercedes Negrer'e mi ? Şehvet düşkünü Pepsi-Cola satıcısına mı ? Sakin ol!..Olup bitenlerden böyle bir işaret sezmemiştim, korkulara kaptırmamalıyım kendimi, terapi sırasında Dr. Sugranes'in defalarca dediği gibi korkunun iletişim yollarını tıkamasına izin vermemeliyim. Komşun iyidir, derdi bana, kimse kötülüğünü istemiyor, seni toplumdan ayırmakta kimsenin çıkarı yok, o yönde belirtiler gösteriyor gibi olsalar da, etrafındakilerin senden nefret etmelerini gerektirecek hiçbir şey yapmadın. Sakin ol!.. Her şeyin mantıklı bir açıklaması vardır: çocukluğundan kalma garip bir olay ya da kendi tutkularının yansıması. Sakin ol!.. Az sonra meçhul kişinin kim olduğu ortaya çıkacak ve sen çocuksu korkularına güleceksin. Arkanda beş yıllık bir psikiyatrik tedavi var, kafan eskiden olduğu gibi, buhranların fırtınalı denizinde başıboş kalmış kayık gibi değil artık, sen eskiden fobileri, en kalabalık toplu taşıma araçlarında, birtakım kaba insanların salıverdikleri, iğrenç kokulu, sessiz gazlar sanırdın. Agorafobi: açık alanlar korkusu. Klostrofobi: mezarlar, karınca yuvaları gibi kapalı yerler korkusu. Sakin ol sakin !

Bu rahatlatıcı düşünceler sonucu biraz sakinleştikten sonra, yataktan çıkmak için bir girişimde bulundum, ama ağır ve soğuk bir tür örümcek ağı üzerime kapanıp, beni çarşaflara yapıştırdı, bu arada açık seçik kapı tokmağının döndüğünü, menteşelerin gıcırdadığını, sessiz adımların yatağa doğru yaklaştığını ve cinayetlerin en kötüsünü işlemek üzere olan kişinin hırıl hırıl soluduğunu hissediyordum. Her yanımı kaplayan korkuya daha fazla dayanamayıp, pantolonuma işedim, bir yandan da alçak sesle anamın adını çağırıyor, öbür dünyadan sesimi duyarak, her yeni durumun büsbütün ürküttüğü bana doğru koşup, Cehennemin eşiğinde birbirimize kavuşacağımıza dair budalaca bir umut taşıyordum. İşte yanı başımda bir ses işittiğimde durum buydu.

— Uyuyor musun?

Mercedes Negrer'i tanıdım ve ona cevap vermek istedim, ama ne gezer, gırtlağımdan bir yakınma fısıltısı olarak çıkan ses giderek bir ulumaya dönüştü. Omuzuma bir el dokundu.

— Böyle cibinliğe sarılmış ne yapıyorsun?

— Bir şey göremiyorum, diyebildim. Sanırım kör oldum.

— Hayır dostum. Elektrik kesildi. Sana bir mum getirdim ama kibrit bulamadım. Babacığım, doktor yasakladığı halde, uyandığında sigara tüttürebilsin diye, başucunda yedek bir kutu kibrit bulundururdu.

Yanımda bir çekmece çekildi ve içindekiler boşaltıldı. Bir sürtünme sesi, bir çıtırtı sonra titrek, küçük bir alev ve nihayet mumun solgun aydınlığı, o sayede cibinliğin arasından gözlerini kırpıştıran Mercedes'in sakin yüzünü görebildim. Sırtında kareli flanelden kendine büyük gelen bir erkek gömleği vardı ve gömleğin eteklerinin arasından ince uzun baldırları fışkırıyordu. Cibinliği açmak için üzerime eğildiğinde, gömleğinin altında küçük mavi bir külotu olduğunu gördüm, ama bu külotçuk bir yandan siyah saçlı üçgeni, öte yandan miting sırasında sıkılmış işçi yumruğuna benzer butları saklamaya yetersizdi. Gömlek düğmelerinin hepsi ilikli olmadıklarından, aralandığında ekşimtrak, ılık bir kokunun yükseldiği, kadife yumuşaklığında, solgun teni gözüküyordu.

— Düşünde konuştuğunu duydum, dedi ve sonra, pek tutarlı sayılmayacak bir biçimde ekledi. Ben de uyuyamadım. Çişini mi yaptın?

— Dün akşam çok yedim, diye özür diledim, utançtan yerin dibine girmiştim.

— Hepimizin başına bir-iki kez gelmiştir. Aldırma. Uyumak mı istiyorsun, yoksa konuşmamızı mı yeğlersin?

— Bana maval okumayacaksan konuşmayı yeğlerim.

Acı acı güldü.

— Ben sana olayların resmi yorumunu anlattım. Hiçbir zaman da inandırıcı bulmadım. Nasıl fark ettin?

— Bu bir saçmalıklar dizisi, korkmuş bir yeniyetme kızın bir adamı sırtından bıçaklayarak anında öldürmesi, bu saçmalıkların en hafiflerinden değil elbet. Hiç kimseyi öldürmedim, ama şiddet konusunda pek cahil sayılmam. Önden, belki olabilirdi. Ama sırttan asla.

Yatağın kenarına oturdu, ben de omuzlarımı, ağırlığım altında çatırdayan yatağın tahtasına dayayıp, başımı yastığa gömdüm. Mercedes dizlerini çenesine değecek biçimde çekip, kollarını ayak bileklerine doladı. Şahsen, onun konfor anlayışını paylaşmıyordum. Tekrar konuşmaya başladı:

— Aslında öykünün temeli aynı: becerikli, yoksul kızla hımbıl zengin kız. Çok da yerinde.

— O halde, İsabelita'nın kaybolduğu gece neler olup bitti?

— Aynı yatakhanede yatıyorduk, yataklarımız da bitişikti. Uykusuzluk çekiyordum, o dönemde bunun yaşımdan ileri geldiğini sanıyordum, ama bugün başka türlü düşünüyorum. İsabel'in uykusunda konuştuğunu fark ettim ve sessizce yüz çizgilerini, yaldızlı saçlarını, şakaklarında beliren inci gibi ter tanelerini, gövdesinin henüz kesinleşmemiş biçimini sessizce incelemeye daldım... Sana fazla mı edebi geldi?

Düşüncelerinin sırasını şu veya bu şekilde bozacak bir şeyler yumurtlamak korkusundan karşılık vermedim.

Saçmalamaya en müsait kişilerin bir itirafa hazırlanan kişiler olduğunu bildiğimden, sabırlı olmaya karar vermiştim.

— Bir süre sonra, diye devam etti. İsabel ayağa kalktı. Hâlâ uyuduğunu görüyordum, uyurgezer olduğunu sandım. Yataklar arasında oluşan geçidi aşıp, hiç duraksamadan kapıya yöneldi. Yatakhane kapısı her gece kilitlenirdi, yanına varır varmaz ardına kadar açılıvermesine pek şaştım. Karanlıktan göz gözü görmüyordu, kapının öteki yanında yatakhaneyi tuvaletlere bağlayan koridorda bir gölge seçer gibi oldum.

— Kadın mı erkek mi?

— Eğer pantolonların yalnız erkeklere ait olduğunu kabul edersek, erkek. Söyledim ya her taraf kapkaraydı.

— Devam et.

— İsabel kapıyı açan gölgenin rehberliğinde tuvaletlere giden yolu geçti. Sonra, gölge ona durmasını emretti ve geri dönüp yatakhanenin kapısını kapattı. Bu arada ben de dışarı süzülüp, bir köşeye saklanıvermiştim, serüveni sonuna kadar izlemeye kararlıydım.

— Bir noktaya açıklık getirelim: yatakhanenin kapısı, anahtarla mı, sürgüyle mi kapanıyordu?

— Anahtarla. Hiç değilse o zamanlar öyleydi.

— Anahtar kimdeydi?

— Rahibelerde elbet. Biri yatakhane görevlisinde, bir diğeri de başrahibede bulunurdu bildiğim kadarıyla. Ama bir yedeğini elde etmenin pek zor olacağını sanmıyorum. Yatılı okul düzeni çok katı olmakla birlikte, bizler uslu kızlar olduğumuzdan, aşırı tedbirlere gerek kalmıyordu. Neyse okulu hapishaneyle karıştırma.

— Bir soru daha: öğrencinin biri, gece yarısı müthiş bir tuvalet ihtiyacı duysa ne olurdu?

— Yatakhanenin öbür ucunda bir tuvalet ve bir lavabo vardı. Kapı niyetine önüne bir kreton perde gerilmişti, kimse içeri kapanıp edepsizlik yapamasın diye.

"Devam ediyorum. Tuvaletler boştu ve oradan geçerken ayaklarımın altındaki taşların nemli soğukluğunu hissettim, çünkü yalınayaktım, İsabel de. Bu nedenle gözüm arkadaşımın esrarengiz refakatçisinin ayakkabılarını aradı, kauçuk ya da ip tabanlı espadriller giymişti. O dönemde biz bunlara Wambas derdik ! En tanınmış marka, hem ucuz hem de dayanıklı. Bugün ürettikleri o kalitesiz mallardan değil.

"Tuvaletin dibinde, merdivene açılan bir kapı vardı, oradan da kilisenin girişine inilirdi. Giyindikten sonra kızlar tuvaletten geçip, girişte sıraya girer, görevli de bizleri gözden geçirirdi. O an bekleme odasının da, merdivenin de bomboş olduklarını söylemeye gerek yok. İsabel'in esrarengiz koruyucusu bir el feneri yakmıştı. Onları uzaktan izlemekte hiç zorluk çekmedim, yıllar beni öyle bir alıştırmışlardı ki gözüm kapalı bile gidebilirdim.

"Kiliseye girdiğimde, Kutsal Meryem'e ait olan, başlıca ayin masasının ardında kaybolduklarını gördüm. Bir süre ortaya çıkmalarını bekledim, çünkü masanın ardında kapı olmadığını biliyordum: baktım ki görünen yok, usul usul ilerlemeye başladım, kaybolduklarına inanmaya başlamıştım. Sonra gizli bir geçide girmiş oldukları sonucuna vardım ve yavaş yavaş içimi kaplamaya başlayan korkuyu bastırmaya çalışarak geçidi aramaya koyuldum. Vitraylardan süzülen zayıf ay ışığı altında epey bir süre yoğun araştırmalarda bulundum. Üzerindeki Latince yazılara ve kurukafa resimlerine bakarak çıkıntıdaki dört taşın dört ölünün artığını gizlediği sonucuna vardım. Taşlardan birinin kenarında hiç toz izi bulunmadığı gibi, sırıtık ölü kafasıyla HİC JACET V.H.H. HAEC OLİM

MEİMİSSE JUBAVİT yazısı arasına gömülen ağır demir halkada da hiçbir pas izi yoktu. Olanca cesaretimle halkayı tuttuğum gibi bütün gücümle kendime doğru çektim. Taş oynadı ve bir-iki zorlamadan sonra yerinden çıktı. Karşıma çıkan karanlık basamakları titreyerek inmeye başladım. Merdivenin dibinde karanlık bir geçit vardı, el yordamıyla bir başka koridorla kesiştiği yere kadar ilerledim. Hangi yola gireceğimi şaşırmıştım, tekrar ilk geçide kolayca dönebileceğimi düşünerek yeni yola girdim. Bir saniye sonra üçüncü bir koridor ikinciyi kesmesin mi, damarlarımda kanımın donduğunu hissettim. Bir labirentte olduğumu anlamıştım, çabucak çıkışa dönmezsem, buralarda tek başıma karanlıkta kalıp ölmekten korkuyordum. Panik aklımı başımdan almış olmalı, çünkü geri dönüp o yalancı mezara açılan merdiveni bulacağıma, yanlış yöne sapmışım. Yollar boyuna çatallaşıyor ve ben o lanet olası merdiveni bulamıyordum. Kör cesaretime küfrediyor, içimi karanlık önseziler kaplıyordu. Galiba ağladım da. Bir süre sonra, tekrar umuda kapılıp elbet bir rastlantı sonucu doğru yolu bulacağım, diye düşünmeye başladım. Tabii, ne zamanın, ne de aştığım mesafenin farkındaydım.

— Yardım istemek aklına gelmedi mi? diye sordum.

— Elbette geldi. Olanca gücümle bağırıyordum ama duvarlar öyle kalındı ki, alaycı bir yankı olarak bana geri geliyordu. Yürüdüm, umutsuzca yürüdüm, tam gücüm tükendiği sırada bulunduğum yolun ucunda belli belirsiz bir ışık görür gibi oldum, Rüzgâr baykuş gibi uluyor, buhur ve solmuş çiçek karışımı tatlımsı bir koku havayı büsbütün ağırlaştırıyordu. Işıkla aramdaki mesafeyi ağır ağır aşıyordum ki önümde dev gibi bir hayalet belirdi. Çok heyecanlanmıştım, bayılmışım. Sonra kendime geldiğimi sandım, ama yanılmıştım herhalde, çünkü karşımda iki metre boyunda canavar bir sinek duruyordu, korkunç gözleriyle bana bakıyor ve o iğrenç hortumunu boynuma dayamaya niyetleniyordu. Haykırmak istedim, hiç sesim çıkmadı. Bir kez daha bayılmışım. Tekrar kendime geldiğimde yukarıda sözünü ettiğim yeşilimsi ışıkla aydınlanan bir kubbenin altında yatıyordum. Yanaklarımda bir elin temasını, alnımda birtakım tüylerin gıdıklamasını hissettim. Yine haykırmaya yeltendim, az önce gördüğüm sineğin ayaklarıyla dokunduğunu sanıyordum. Ama okşayanın İsabel olduğunu anladım, alnıma sürülen de onun sarı saçlarıydı. Tam bir açıklama isteyecektim ki İsabel avucuyla ağzımı kapattı ve kulağıma fısıldadı:

— Senin sevgine güvenebileceğimi biliyordum. Bunca cesaret ve bağlılık ödülsüz kalmayacak.

"Sonra elini ağzımdan çekti ve onun yerine alev alev yanan, nemli dudaklarını koydu, aynı anda, havada dalgalanır gibi duran vücudu da benimkinin üzerine devrilmişti, incecik geceliğinin altından kalbinin düzensiz atışlarını ve güzel vücudundan yayılan kavurucu ateşi hissedebiliyordum. O an duyduğum vahşi zevki saklamaya ne gerek var? Tutkulu bir kucaklaşmaya kaptırmıştık kendimizi, öyle ki titrek parmaklarım ve zevkten susamış ağzım...

— Bir saniye, bir saniye, dedim, öykünün gelişmesi beni az da olsa şaşırtmıştı, programda bu yoktu.

— Haydi, haydi sevgilim (sözünü kesmemi pek yersiz bulmuş gibi sabırsızlandı), biraz geniş fikirli olduğunu göster. Belki de İsabel'le aramda basit bir sınıf arkadaşlığından da öte bir şeyler vardı. O yaşta, yatılı okulda, Safo'ya has eğilimler pek ender olmamalı. İsabel'i görmüşsen, güzelliğini de fark etmişsindir: halkın hayalinde yarattığı melek görüntüsü canlanmıştır o kızda.

Belki biraz değişmiştir, epeydir onu görmedim. O dönemde bonbon şekeriydi.

Mitoslardan arınmış cinselliğin damgasını vurduğu çağımıza ters düşen bu tarif beni güldürdü. Mercedes yanlış anlamış olmalı ki:

"Benim gizli bir lezbiyen olduğumu sanma, diye karşı çıktı. Olsam söylerdim. Bu söylediklerim yıllar öncesine aittir. Erotizmin şafağının aldatıcı ışığında kelebekler gibi uçuşan yeniyetme kızlardık. Şu an erkeklere düşkün oluşum kuşku götürmez. Bütün köye sorabilirsin.

— Tamam, tamam, dedim. Devam et lütfen.

— Söylediğim gibi, tam bu keyifli oyuna kendimi kaptırmıştım ki, birden parmaklarımın kan içinde olduğunu fark ettim: İsabel'in vücudundan bulaşmıştı. Bunca kanın nereden geldiğini sordum, cevap vermeden elini uzattı, elimi tuttu ve beni ayağa kaldırdı. Doğrulmakta epey zorlanmıştım. Sonra beni mezar odasının dibindeki bir masaya götürdü, orada bir delikanlı yatıyordu. Ayaklarında, tuvaletin karanlığında seçebildiğim Wamba'lar olan, epey yakışıklı ve ölü bir genç. Ölü diyorum çünkü hem hiç kıpırdamıyordu, hem de göğsüne, kalp hizasına bir hançer saplanmıştı. Dehşete kapılmıştım, İsabel'e dönüp olup biteni sordum. Omuzlarını silkti: — Tam aramız bu kadar iyiyken bu saçmalık nedeniyle bozuşmayacağız umarım. Öyle yapmam gerekiyordu. —Neden? Çok mu ileri gitmek istedi? diye sordum.— Yok canım, diye karşılık verdi, azarlandığı zaman takındığı o şımarık çocuk suratıyla, çünkü ben Arılar Kraliçesiyim. Bu söylediğinde hiç değilse sembolik açıdan haklıydı, çünkü bilimsel olarak dişi arıların çiftleştikten sonra erkeklerini öldürdükleri ispatlanmamıştır. Ama bu durum *mantis religiosa* denilen çekirge türü için doğrudur. Bu Orta Amerika zarkanatlılarının dişisi bir salgı...

110

Bir kez daha Mercedes Negrer'in konudan sapmasını engellemek durumunda kaldım, kız biraz biraz her şeyi biliyordu. Olayların cesedi bulduktan sonraki kısmına geçmesini rica ettim.

— Ne yapacağımı bilemiyordum. Kafam karmakarışıktı. İsabel bana en ufak bir yardımda bulunacağa benzemiyordu. Arkadaşımı bu bataktan kurtarmak için birşeyler yapmam gerektiğine inanıyordum. Bu durumda yakalanmak ve kızcağızın yaşamını hapiste tüketmesi çok budalaca olurdu. Şöyle bir hesapladım, güneş usuldan dış dünyayı aydınlatmaya başlamış olmalıydı ve bizim yatakhaneye dönmeye yetecek kadar zamanımız yoktu. Pratik açıdan özel olarak cesetle ilgilendiğim yoktu, çünkü rahibelerin bu izbeye çıkan yolu bulmaları olası değildi, hem böyle bir şey olsa bile, kalk zilinden önce yatakhaneye vardığımız takdirde bu cinayetle İsabel arasında bir bağ kurmaları da mümkün değildi. Asıl sorun, planını bilmediğim bu labirenti aşıp yatakhaneye ulaşabilmekti.

"İşte bütün bu ihtimaller arasında bocalarken, arkamdan bir çıtırtı sesi duydum, sanki bir şey kırılmış gibi. Balmumu gibi sararmış İsabel'in düşmek üzere olduğunu görüp hemen onu yakaladım: "Neyin var ? diye sordum endişeyle. "O ses neydi ?"-"Benim zavallı küçük kristal kalbimi kırdılar." Kollarımın arasında hareketsiz yatıyordu. Rüzgâr uğuldayıp duruyor, kendimi adamakıllı güçsüz hissediyordum. Boğuk bir horultu sineğin geri geldiğini belli etti. İsabel'i korumaya çalıştım. Yere yuvarlandık. Bayılmışım.

"Zilin sesiyle uyandım. Yatağımdaydım, hep telaşlı olan üçüncü sınıftan bir kız beni sarsıyordu. "Çabuk ol yoksa yoklamaya geç kalacağız. Bu ay ne kadar azar aldın ?" "İki, dedim makine gibi. (üç azar bir kusur eder, üç kusur ihtarı getirir, iki ihtar bir tekdir yapar, üç tekdirden hal ve gidiş sıfır olur.) "Ben hiç almadım," dedi budala böbürlenerek. Üç ay hiç azar almazsanız bir çelenge hak kazanırsınız; yıl içinde iki çelenk Saint Joseph büyük kordonunu taktırır; İmtihana üç kordonla girmek... Neyse belki de bu ayrıntıların konuyla ilgisi yoktur.

"Ne olursa olsun korkunç bir kâbustan uyanıyor gibiydim. İlk tepkim yanımdaki yatağa bakmak oldu. Dağınık ve boştu. Herhalde erken kalkıp tuvalete gitmiştir, diye düşündüm. Değilmiş. Yoklama sırasında kaybolduğu ortaya çıktı. Sorularla adamakıllı terlettiler, ama ben sustum. Sonra, öğleye doğru, Ahlak Zabıtasından Flores diye biri geldi.

Kendimi tutamayıp:

— Yine mi o? deyiverdim.

— Pek de üzerinde durmadan bizi sorguya çekti, diye devam etti Mercedes, gözlemleri hiç dinlemiyordu. Ben çenemi tuttum. Her ne kadar kâbuslar onarıcı bir uykuyu engelleseler de yine de bitkin olduğumdan, derin derin uyudum. Sabah zille uyandım ve bitişiğimdeki yatakta İsabel'in gerindiğini görünce neredeyse keçileri kaçırıyordum. Çıkan şamata nedeniyle kızla iki kelime konuşamadım ama İsabel yine bütün soğukluk ve yavanlığına bürünmüştü, ne davranış ne de ifadesinde bunun tersi görünüyordu. Yine bütün bunların kötü bir düş olduğu inancına kapılıyordum ki, görevli gelip beni başrahibenin görmek istediğini bildirdi. Odaya girdiğimde canlı cenazeden farkım yoktu, içerde başrahibeden başka, müfettiş Flores, annem ve babam ve İsabel'in babası Bay Peraplana oturuyorlardı. Annem kanlı gözyaşları döküyor, babamsa bakışlarını ayakkabılarının ucundan ayırmıyordu, sanki sonsuz bir utanç duygusu altın-

112

da eziliyorlardı. Beni oturttular, kapıyı kapattılar ve müfettiş söze başladı: "Evvelki akşam, bu kurumda, ki sadece kurum olması bile saygıdeğer olmasını gerektirir, Ceza Yasamıza göre ağır bir sıfat taşıyan bir olay cereyan etti, bu arada Kraliyet Akademisi de olaya aynı adı vermektedir. Ben şiddete karşıyımdır, polislik mesleğine atılmamın nedeni de budur, bu olay beni öylesine üzdü ki, eğer küçük aylığıma ihtiyacım olmasaydı bavullarımı toplayıp Almanya'ya çalışmaya giderdim. Neyi kastettiğimi anlıyorsunuz değil mi yavrum?

"Ne cevap vereceğimi bilemediğimden ağlamaya başladım. Başrahibe gözleri kapalı, tespih çekip duruyor, babam da teselli etmek amacıyla boş yere annemin omzunu tıpışlıyordu. Müfettiş cebinden bir paket çıkarıp tantanayla açtı, içinden cesede saplı gördüğüm hançeri çıkardı. Bu ölüm aletini daha önce görüp görmediğimi sordu. Evet, dedim. Nerede? Bir beyin göğsüne saplanmış olarak. Cebinin derinliklerinden iki eski Wamba çıktı. Tanıyor muydum? Üniformamın ceplerini boşaltmam emredildi ve hayretler içinde şunları çıkardım: bir kalemtraş, kirlice bir mendil, örgülerime bağladığım iki lastik, Lope de Vega'nın eserleriyle ilgili bir el kitabı, yatakhane kapısı anahtarının bir eşi. İsabel'in işlediği suçu üstüme yıkmak istediklerini anladım, tek kurtuluş yolum tüm gerçeği anlatmaktı. Aslında duygularım böyle davranmamı yasaklıyordu. Üstelik gerçeği itiraf ettiğim takdirde onu ne şartlar altında bulduğum da ortaya çıkacaktı. İsabel'in yaşamının ve kendi yaşamımın mahvolmaması için gerçeğin dışarı sızmaması gerekirdi. Ama bütün bunların bedeli olarak yaşamımı gaz odasında mı noktalayacaktım?

— İspanya'da gaz odası yoktur, dedim. Aslına bakarsan kent dışında gaz bile yoktur.

— Lütfen sözümü kesme! diye sert bir çıkış yaptı Mercedes, sahneye koymakta olduğu dramın ortalık yerinde laf atmamı, görgüsüzlük kabul ediyordu.

"Yasalarımızın bu tür eylemler için öngördüğü ceza tahmininizden de ağırdır, dedi müfettiş. Ama yine de...yaşınızın küçüklüğü, kadınların yaşamlarının belli dönemlerinde değişiklik gösteren ruhsal durumları ve şu iyi yürekli başrahibenin (pek büyük bir saygı gösterisine girişmeden işaretparmağıyla başrahibeyi gösteriyordu) aracılığını dikkate alırsak, halka hizmet görevimin gerektirdiği kurallara uymazlık edebilirim. Yani, yasal terimlerle söyleyeyim, ne tutanak, ne de soruşturma olacak. Suç tanıtlarının, tanıklıkların, savunma söylevinin, geçici ve kesin kararların, yargının ve itirazların mecburen üzücü ve birazcık da belden aşağı olacağı bir olaydan kaçınmak istiyoruz. Bunun karşılığında elbette birtakım tedbirler almak gerekir, bu konuda gördüğünüz gibi aramızda bulunan sayın Peraplana'ya teşekkür etmelisin: kızının sana duyduğu ve karşılıklı olduğunu umduğu sevgiyi göz önüne alarak bize yardımlarını sundu. Keza, bize açıklamak gereğini görmediği ve beni ilgilendirmediğini sandığım başka nedenleri de var.

"Müfettişin sözünü ettiği düzenlemeler benim sürgüne gitmemden başka bir şey değildi. Alternatifini iyi bildiğimden memnuniyetle kabul ettim. İşte bu köye böyle düştüm ve hâlâ da buradayım. İlk üç yılımı yaşlı bir çiftin evinde okuyarak ve şişmanlayarak geçirdim, Süt Merkezi bakımım için onlara her ay belli bir para ödüyordu. Uzun mücadelelerden sonra bağımsızlığımı elde etmeyi başardım. Kimsenin kabule yanaşmadığı boş kadro sayesinde bu köye öğretmen olarak atandım. Bu evi kiraladım. Durumum kötü sayılmaz. Anılarım giderek netliklerini yitirdiler. Bazen, bir başka kaderi arzulayacak gibi oluyorum, ama melankoli çabuk geçiyor. Buranın havası da iyi ve çok boş vaktim var. Gereksinimlerime gelince, dün de söylediğim gibi, yapabildiğimi yapıyorum; bazen az oluyor, bazense yeterli.

Mercedes sustu ve onu izleyen sessizlik yeni günü ilan eden horozun ötüşüyle kesildi. Elimle şöyle bir yoklayınca, çarşaflardaki nemin kurumuş olduğunu fark ettim. Susamıştım, uykum vardı ve kafamın içi kazan gibiydi. Bir Pepsi-Cola'ya her şeyimi verebilirdim.

— Ne düşünüyorsun? diye sordu garip bir sesle.

— Hiç, dedim enayi gibi. Ya sen?

— Hayatın gariplikleri. Sen altı yıl boyunca bu sırrı sakla, sonra adını bile bilmediğin pis kokulu bir pezevenge ne var ne yok, içini dök!..

XII

İçedönük Bir Ara Müziği:
Olay Hakkında Düşündüklerim

— Ne tuhaf ! diye başladım. Yaşam gemisi kazaya uğradığında son sağ kurtulan bellek oluyor, kesin inançlarımızdan oluşan kale duvarları nostaljilerimizin hafif esintisiyle yıkılıp gidiyor, edimlerimizin boşluğunda geçmiş damla damla süzülerek sarkıtlar oluşturuyor. Sonradan kasvetli olduğuna hükmettiğim bir çağda doğdum. Ama şimdi bir tarih dersi verecek falan değilim; belki de bütün çocukluklar sevimli gelir. Saatlerin tespih taneleri gibi birbirlerine eklenmesi, benim az konuşan oyun arkadaşımdı ve gece beraberinde kederli bir ayrılığı da getirirdi. Zamanı, kürenin uçmaya başlayıp beni de daha iyi bir geleceğe taşıyacağı umuduyla, nasıl büyük bir neşeyle savuruverdiğimi anımsıyorum. Delice bir arzu, çünkü hep neysek o kalacağız.

Babam iyi ve hünerli bir adam olup, bugün elektrik enerjisinin bollaşmasıyla kullanılmaz olan o zamanın pek revaçtaki yakıtı Petromax'ın eski kutularından çamaşır tekneleri yaparak ailesini geçindirirdi. İstikrar planı bahanesiyle İspanya'ya yerleşen bazı İsviçreli ilaç laboratuvarları babamın bu girişimini baltaladılar. Babam şans grafiği sürekli inip çıkan bir adamdı. 36-39 kardeş kavgasından sakat çıkmış eski muharip, her iki tarafta da tutuklu kalmış olup, bu durumu ona ne ödül, ne de ceza getirmiş sadece bir alay bürokratik sıkıntıya neden olmuştu. Talihin ender sunduğu fırsatları, inatla elinin tersiyle itmiş ve şeytanın burnunun ucuna tutuverdiği bütün serapları körü körüne kabul etmişti. Asla zengin olmadık, güçbela bir köşeye atıverdiğimiz birikmişlerimizi de babam her Cumartesi gecesi mahallenin meyhanesinde oynanan kasık biti yarışlarında kaybederdi. Bize karşı bir kayıtsızlık gösterirdi, sevgisini öyle zarif bir şekilde ifade ederdi ki, o davranışları bu biçimde yorumlayabilmek için yılların geçmesi gerekti. Buna karşılık öfke patlamalarının benzeri yoktu, bunun için yoruma gerek kalmıyordu.

Annemse bambaşkaydı. Bizlere karşı gerçek bir evlat sevgisi, yani mutlak ve dolayısıyla yıkıcı bir sevgi beslerdi. Hep benim bir şeyler olacağıma inanmıştır: beş para etmediğimin bilincindedir, başından beri er ya da geç kurbanı olacağı bir ihanetimi affedeceğini bana hissettirirdi. Sakat çocuklar skandalı ve ökaristik kongre sonucu (senin bunları anımsayacağını sanmıyorum, doğmuş olsan bile herhalde pek küçücüktün) annem Montjuich kadınlar hapishanesine düştü. Babam bütün bunların kendine zarar vermek üzere hazırlanmış bir komplo olduğu fikrindeydi. Kız kardeşim ve ben her Pazar annemizi ziyarete gidiyor ve gizlice ona, olmadığı takdirde kodes hayatını keyifle sürdüremeyeceği morfin götürüyorduk. Annem son derece hareketli bir kadındı, yıllarca temizlikçi olarak çalışmıştı, bu isim, kadro dışı ev hizmeti görenlere halk tarafından verilen addır. Evlerden, en göze görünür eşyaları duvar saati, koltuk, hatta bir seferinde bir çocuk, çalmak gibi dizginleyemediği bir tutkusu olduğundan hiçbir kapıda uzun süre kalamıyordu. Her şeye rağmen yine de iş bulmakta güçlük çekmiyordu. Çünkü o zamanlar, tembeller, bir işi ucundan bile tutmamak için her şeyi sineye çekmeye razı olduklarından talep pek bolmuş.

Anamın yokluğu, babamın tüymesi sonucu kız kardeşimle ben, küçük yaşımızda başımızın çaresine bakmak zorunda kaldık. Zavallı kız kardeşim hiç becerikli olmadığından, onunla ilgilenmek de bana düşüyordu: o dönemde o tam tamına dokuz yaşında, bense yalnızca dört yaşındaydım, ama ona ilk müşterilerini bularak birazcık para kazanmasını öğreten de ben oldum. Vesayet mahkemesinin eziyetlerinden bıkkın, bir zührevi hastalığa tutulmuş olup, o zamanki saflığımla sahip olduğumu sandığım birtakım meziyetleri çarçur etmemek arzusuyla, on bir yaşında Veruela papaz okuluna girmeye karar verdim.

Uzaktan gelen bir düdük sesi gevezeliklerimi kesip gerçekler dünyasına döndürdü beni:

— Bu düdük sesi ne? Tren mi? diye sordum.

— Marşandiz! diye cevap verdi Mercedes. Neden sordun?

— Gitmem gerek. Aslında dünyada en çok istediğim şey şu gevezeliği sürdürmektir. (Sözlerime, kız kardeşimin müşterilerine vişneli pasta vereceğime dair yemin ettiğim o dönemdeki, iddialarımı ciddileştiren o özel içtenliği de katmıştım), ama gitmem gerek. Yardımın sayesinde, beni buraya getiren olayı çözdüm. Sadece birkaç tamamlayıcı veri ve kuşkularımın doğruluğunun ispatı eksik kaldı. Eğer her şey yolunda giderse, bu akşam suçsuzluğunu ispatlayacağım ve böylece sen de birkaç gün içinde İsabel'in düğününde nedimelik edebileceksin. Elbette bu komplonun suçluları hak ettikleri yerlerde olacaklar, tam neresi olduğunu bilmiyorsam da... Bana inanıyor musun?

Ateşli bir "evet" bekliyordum ama nemrut sessizlik bozulmadı.

— Neyin var?

— İsabel'in evleneceğini söylememiştin.

— Söylemediğim bir sürü şey var, ama yarın geri döneceğim ve bundan böyle hiçbir şey aramıza giremeyecek.

Konuşmamasını, yoğun duyguları dengeleyen o doğal utangaçlığa bağladım ve yüreğim umutla dolu, hoplaya zıplaya gara varan yolu aştım, lokomotifi köyü çevreleyen dağların çatağında kaybolmakta olan yıkık dökük bir yük treninin son vagonuna atlamayı başardım, günün ilk ışıklarıyla yeşili büsbütün belirginleşen dağlar aklıma adını hep bir çamaşır tozu markasıyla karıştırdığım o değerli taşı getirdi.

Vagon taze balık doluydu, tuzlu kokusu beni daha mutlu ufuklara, bolluğun paylaşıldığı bir yaşama götürdü. Bu tür keyif sarhoşluklarının usa aykırı taşkınlıklarına daldığımdan en önemsiz durumlarda bile birtakım uyarıcı belirtiler görüyordum: berrak gök, tatlı bir meltem, balıkların gözleri, hatta Mercedes'in adı, hem Barselona'nın koruyucu azizesi, hem de Alman otomobil sanayiinin özeti. Aynı zamanda gerçekleşmeyecek düşlerin çok belirgin şekiller altında açıklığa kavuşmasına da direniyordum, adı temize çıktığında, bir daha beni arayıp sormazsa diye korkuyordum.

Birbirimizden çok farklıydık. Bir ara araştırmalarımdan vazgeçmeyi bile düşündüm, çünkü bu kız sürgünde kaldıkça ve sırrı da benim tekelimde oldukça, onu istediğim gibi avucumda tutabilirdim. Ama bu anlatıda daha önce belirttiğim gibi ben yeni bir adamım. Çok geçmeden bu eğilimi elimin tersiyle iterken, içimde hep erdemin, ne bağlılık, ne de sevgisini hissettiğim öteki dünyada değil de bu dünyada ödüllendirileceği umudunu taşıyordum.

Tren yolculuğu uzadıkça uzuyordu. Güneş adamakıllı yükselince vagon fırın kesildi ve balık da artık rahatsız edecek biçimde kokmaya başladı. Yavaş yavaş çürümesinden kuşkulandığım nesneleri birer birer demiryoluna savuruyordum, ama vagon boşaldığında kokunun hâlâ gitmediği ve giysilerimin bunun en iyi tanığı oldukları acı gerçeğiyle tüm umutlarım kırıldı. Olanca sabrımı takınıp, bir köşeye sığınarak, yolun geri kalan kısmını, bence bilinçsiz bir kurban olan, kalbimi çarptıran kadına kurulmuş tuzakları ortaya çıkarmak, bilmeceler çözmek, projeler tasarlayıp, planlar çizmekle geçirdim. Elbette bu çalışma geleceğe belli bir düş kırıklığı ile bakmamı engellemedi.

Kayıp kız olayını çabuk ve doğru çözsem, Mercedes'in suçsuzluğunu kafalara vursam bile polisin üstüme yıkmak için uğraştığı İsveçlinin ölümü havada kalıyordu. Bu esrar perdesinin de delinebildiğini varsayalım, o zaman kendime şunu soruyordum: ne olacaksın? Gerek tımarhane ve gerekse hapishaneli geçmişim, her türlü bilgi, yetenek ve meslek dalındaki tam yetersizliğim, bana yuva kurmama yetecek parayı kazandıracak bir mesleği bulabilmemde hiç yardımcı olamazlardı. Duyduklarıma göre kiralar bulutlara tırmanmış ve ev kadınının pazar torbası gerçek bir füzeye dönüşmüştü. Ne yapmalı? Düşlerimi sis bastı.

Tren Barselona garına girdiğinde vakit öğleni geçmişti. Vagondan atlayıp tekerleklerin arasına saklandım, trenin kalkmak üzere olduğunu belirten düdük sesini duyar duymaz saklandığım yerden fırladım. Sokağa ulaşınca her soruşturmacının er geç düşeceği yere koştum: Deputacion sokağındaki sakin ve güneşli bir kattaki tapu siciline. Kapanmasına az kalmıştı. Kendiliğinden, çabucak ortaya çıkıvermiş bir bahane, hazırladığım bütün acil başvuru nedenlerini silip attı. Benim öteki kokularımın üzerinde bir katman oluşturan balık kokusu ortalıkta dolaşan uyuşuk aylakları, spekülasyon amacıyla boş arsa arayan kıytırık gençleri bir anda dümdüz etti. İstediğim gibi, rahatça, kadastroyla ilgili her türlü araştırmayı yapabildim ve bir süre sonra aradığımı bulabildim ve bu da kuşkularımı doğruladı: Şimdi lazarist sörlerin okulunun bulunduğu mülk 1958-71 yılları arasında don Manuel Peraplana diye birine aitmiş, adam bu araziyi değerinin çok azına 1958'de Panama uyruklu Hermafrodito Halfman'den satın almış, antikacılık yapan ve 1917'den beri Barselona'da oturan bu zat aynı yıl, çalılık olan bu arsayı alıp, üzerine binayı yaptırmış, işte yukarıda adı geçen don Manuel Peraplana ucuza kapattığı bu mülkü 1958'de çok yüksek bir fiyata sörlere satmış.

Panamalının bitişik ya da çok yakındaki bir arsaya da bir bina yaptırdığından ve bu ikisinin gizli bir geçitle birbirine bağlandığından ve bu geçite küçük kilisedeki sahte mezardan girildiğinden emindim. Peraplana büyük bir olasılıkla geçidi keşfetmiş ve onu kötü emelleri için kullanmıştı. Ya şimdi? 1971'de hâlâ geçidi kullandığına göre neden evi rahibelere satmıştı? Bu geçit nereye çıkıyordu? Başka hangi mülklerin Peraplana ya da Halfman adına kayıtlı olduklarına bakmayı denedim ama defterdeki sıralama mal sahiplerine göre olmadığından aradığımı bulamadım. Peraplana ile doğrudan görüşmem gerekiyordu. Böyle bir girişimin içerebileceği tüm tehlikelerin de bilincinde olarak Peraplana'nın evine yöneldim.

XIII

Yürekler Acısı Olduğu Kadar
Beklenmedik Bir Kaza

Villanın kapısına ulaştığımda hesapta olmayan bir terslikle karşılaştım: Bahçe kapısının önünde küçük bir kalabalık, bir şeyler bekler gibiydi. Topluluğun arasında bir gün önce kur yaptığım küçük hizmetçi kızları gördüm ve birkaç gün sonra gerçekleşeceğini umduğum düğünün bugün, hem de az sonra başlayacağını sandım: tahminlerden önce mi olacaktı ? Köşedeki kulübeden bir dergi alıp suratımı saklayarak, kalabalığın arasına karıştım, bir yandan da kafa yorup duruyordum: babayla kızı taşıyacak gelin arabasına nasıl sızmalı, - eğer kafamdaki düğün töreni kavramı beni yanıltmıyorsa elbet ? Olay bana, hemen hemen imkânsız, ama gerekli görünüyordu: yeni evlilerin balayına Mayorka, ya da böyle fırsatlarda zenginlerin gittiği o yerlerden birine doğru yola çıkmalarına engel olmalıydım, aksi halde cesur atılımlarım daha zorlanacak ya da sonuçsuz kalacaktı.

Bekleme uzadıkça ben de elimdeki dergiyi inceleme fırsatı buldum ve bir şeyler öğrendim: bugünlerde gençler vakitlerinin çoğunu politika, sanat ve toplum üzerine yazılar yazarak, yaşlılarsa uçkur hikâyeleriyle kafa bularak rahatlıyorlardı.

İlsa'nın Birgitta adlı bir vatandaşı, genç görünüşüne rağmen biraz pörsük duran memeleriyle, orasına burasına elleyerek "taze yuvarlaklarının keyifli sırlarını çözmeye çalışıyor" du. Kalabalıktaki dalgalanma, bir kart horozun hezeyanlarından başka bir şey olmayan yazıyı okumamı engelledi. Gözlerim açıkta kalmak üzere dergiyle yüzümü kapattım. Peraplana villasından gri üniformalı iki polis çıkmaktaydı. Birden çok korktum, ama orda oluş nedenlerinin benimle ilgili olmadığını anladım, çünkü bir kortejin çıkmasını bekler gibi merdiven başında nöbet tutuyorlardı. Bundan yerel yetkililerden birinin de törene katılacağı sonucunu çıkardım ve tam "yaşasın gelin" diye bağıracaktım ki polislerin arkasından gelen sedyecileri gördüm, bisiklet tekerlekleri takılmış yürüyen bir yatak taşıyorlar, küçük bir boruyla yataktaki hastaya bağlanmış içi nar rengi bir sıvıyla dolu bir şişe taşıyan hemşire de yanları sıra yürüyordu. Arkalarında beyaz gömlekli bir doktor ve bir sürü kişi. İçlerinden biri mutlaka Peraplana'ydı ama adamı daha önce görmediğimden kimdi, bilemiyorum. Son din bilginleri toplantısında, bildiğimiz dinsel tören usullerinin altüst edilmiş olmasına rağmen bu besbelli bir düğün töreni değildi. Ve üst kat penceresindeki beyaz pamuklu mendilleriyle gözlerini kurulayan dertli kadınlar, kuşkumun dağılmasına kesin olarak katkıda bulundular. Kalabalıktan bir mırıltı yükseldi ve polisler sedye ambulansa varabilsin diye kalabalığı açtılar. Gösterinin kırıntısını bile kaçırmamak için yanımda, boyuna ayaklarının ucunda dikilip duran şahsa ne olup bittiğini sordum.

— Bir felaket! dedi. Evin kızı bu sabah intihar etti. Zavallıcık! Evlenmek üzereydi. Zaten hepimiz ertelenmiş ölüler değil miyiz?

Konuşkana benziyordu; sorularımı sürdürmeye karar verdim.

— İntihar olduğunu nereden biliyorsunuz ? Kanserin de yaşı yok !

— Ben 10 yıllık kutsal görevden sonra, evlenebilmek için papazlığı bıraktım, diye karşılık verdi yabancı. Günah çıkarma kulübesinde duyduklarımla, sonradan öğrendiklerim arasında bilmediğim hiçbir şey kalmadığını tahmin edebilirsiniz.

Şakasından pek hoşlanmış olmalı ki bastı kahkahayı. Ayıp olmasın diye ben de onu taklit ettim. Tere batmış elinin birini omuzuma koyarken, öbürüyle de buğulu gözlerini ovuşturuyordu.

— Neyse, sakın böyle konuştuğum için beni falcı ya da keramet sahibi sanmayın. *Carpe diem,* derdi Romalılar. Kadınları sever misiniz ? Hayır, merakımdan sorduğumu sanmayın. Çıplak kadın dergisine baktığınızı görmüştüm de... İnanın bana, bu soyunma fasılları, bizim bunalımlarımız sayesinde para kazandıran ticari bir numaradır. Tensel zevklere karşı değilim ama, yerini tutacak şeylerden tiksinirim. Gençliğimizde duyduğumuz gibi, etten kemikten bir kadın ve bir de gerçek kahve. Olduğumdan daha erdemli görünmek istemiyorum. Ben de zaaflardan uzak sayılmam. Bu tür dergilere ne zaman baksam kendi işimi kendim görürüm. Bunları açık açık söylemekten rahatsızlık duymuyorum; hepimiz aynı hamurdanız, sizce de öyle değil mi ?

Çoktandır bu çalçenenin gevezeliklerini dinlemiyordum. Saatler önce, pek de ilgisiz kalmadan seyrettiğim zavallı küçük İsabel aklıma gelince iki damla gözyaşı ve bir hıçkırığı tutamadım: insani güzelliklerin geçici yapısına ve düşlerimizin uçuculuğuna az da olsa bir saygı belirtisi. Beynimde bir başka fikir oluşmaya başladığından felsefe yapmanın zamanı değildi artık. Tanıdık bir çehre yakalayabilmek amacıyla etraftaki insanları süzmeye başladım. Dev yapılı olmadığımdan ara sıra, önümüzde cereyan eden olaya hiç de uygun düşmeyecek biçimde sıçrıyordum, sonunda peşinde olduğumu yakaladım. Geniş siyah kaplin şapkası, güneş gözlüğü ve çizgilerinin tüm saflığını bozan çok renkli, ağır makyajıyla yüzünü gizleyen bir kadın. Bu boş saklama girişimi, bir kez daha kadınlarla erkekler arasında, güzelliğe ilişkin kriterlerde çok farklılık olduğu konusundaki inancımı pekiştirdi. Kadınlar çekiciliğin gözlerde, dudaklarda, saçlarda kısacası gırtlağın kuzeyinde kalan yerlerde olduğunu sanırlar, oysa erkek takımı, çeşitli sapmalara eğilimliyseler de genellikle ilgisini anatominin bambaşka kısımlarına yoğunlaştırır ve yukarıda saydıklarımı hiç mi hiç umursamaz. Dolayısıyla Mercedes Negrer, gözlerden uzak kalabilmek için ne yaparsa yapsın, o alev alev pruvasına bir göz atmak, onu tanımama yetmişti, aramızda epey bir mesafe olmasına rağmen.

Bir kez saptadıktan sonra, sağa sola kafa atarak kendime yol açıp, ilerlemeye koyuldum. Geldiğimi görünce kaçmak istermiş numarası yaptı, ama ne gezer, öndeki çıkıntıları, itip kaktıklarını hiç de geri çekilmeye yöneltmiyordu. Böylece onu kolundan sımsıkı yakalayarak kalabalığın arasından çektim, direndi ama sonunda boyun eğdi.

— Ne yaptın bahtsız kız?

Hıçkırarak ağlamaya koyuldu, böylece suratına sürmüş olduğu her şey bulamaca dönüştü. Sorularımı sıraladım.

— Nasıl benden önce gelebildin?

— Arabam var, diyebildi iki hıçkırık, bir hırıltı arasında.

Devlet memuru olan öğretmenlerimizin nasıl boğaz tokluğuna çalıştıklarını bildiğimden bu olasılığı gözardı

125

etmiştim. Süt merkezinin eli açıklığının öğretmen maaşını keyfine harcamasını sağlayacağını unutmuştum.

— Bunu neden yaptın? diye ısrar ettim.

— Bilmiyorum. Başıma gelenlere mantıklı bir açıklama bulamıyorum. Bu sabah sen ayrıldığında gayet sakindim. Kendime diyet reçetelerine uygun bir kahvaltı hazırladım ve birden sanki pusuya yatmış yırtıcı bir hayvan üzerime saldırıyormuşçasına, bütün o acı ve baskı dolu yıllar üzerime atıldılar. Bu belki de soylu sandığım bir dava uğruna aptalcasına feda olmuş bir hayatın duyduğu hınçtı. Belki de İsabel'in evlendiğini duymuş olmak.. Ölmek istiyorum. Korkuyorum. Şimdi başıma neler gelecek? Bunca ziyan olmuş yıldan sonra.

— Tam olarak neler yaptın?

— Arabaya atladım ve son sürat buraya geldim. Şu gördüğün telefon kulübesinden İsabel'i aradım. Sesimi duyunca hayatının sürprizini yaşadı, kafasız kız, benim yurtdışında eğitim yaptığımı sanıyormuş. Ona söyleyecek çok önemli şeylerim olduğunu bildirdim ve köşedeki barda buluşmayı kararlaştırdık. Varlığının heyecanımı yatıştırmaya yeteceğini sanıyordum, oysa büsbütün alevlendirdi. Ağzını açmasına fırsat bırakmadan hakaretlere boğdum kızı; zaten konuşacak olsa saçmalamaktan başka bir şey yapamazdı. Onu hep aptal, bencil, cimri ve ikiyüzlü bulduğumu söyledim. Neden söz ettiğimi anlayamıyor, beni deli sanıyordu. Altı yıl önce okulda olup bitenlerden söz ettim ve ellerinin bir erkek kanına, belki de sevgilisinin kanına bulaşmış olduğunu söyledim. Derhal nişanlısından ayrılmazsa bu nazik olayı herkese anlatmakla tehdit ettim onu. İsyanıma biraz hava katmak, psikolojik olarak öcümü almak iddiasındaydım sadece. Ama kuşkusuz Freud'u okumamış olan İsabel sözlerimi ciddiye aldı. Anlattıklarım bilinçaltına gömmüş

olduğu birtakım anıları su yüzüne çıkartmıştır. Zavallı-
cık, hiçbir zaman yaşamın pis tarafıyla yüzleşecek cesa-
reti gösterememiştir. Bu durum karşısında savunmasız
kaldı ve evine dönüp intihar etti.

— Ne biliyorsun?

— Görüşmemizden sonra, içimde biraz da vicdan
azabıyla, bu civarlarda dolaştım. Perişan bir durumda
evine girdiğini gördüm. Daha sonra da evde bir telaştır
koptu. Doktor geldi. Onu karşılayan kâhyanın suratı
adamakıllı asıktı. Çitin ardına gizlenmiştim, "zehir" ve
"intihar" gibi sözcükler kullandılar.

— Bu acayip makyaj ve kıyafet nereden çıktı? Mera-
kımdan çok konuyu değiştirmek amacıyla sormuştum.

— Evde vardı. Bazen bu kılıklara girer, odamdaki
aynanın karşısına geçer bir başıma poz veririm. Çok içi-
me kapanığımdır. Hiçbir erkekle yatmadım. Erkekler-
den korkarım. Onları tahrik etmem, aslında pısırıklığımı
saklamak için başvurduğum bir numaradır. Bütün bun-
ların çok ayıp şeyler olduğunu biliyorum.

— Tamam, tamam, dedim babaca bir tonla. Bir baş-
ka sefer konuşuruz. Şimdilik, aydınlatmamız gereken
pek çok konu var. Sen söylediklerimi yapacaksın ve söz
verdiğim gibi, yarın bir esrarı çözmüş olacağız.

— Esrarın çözülüp çözülmemesinden bana ne?

— Sana ne olduğunu bilmem. Ama bana çok şey di-
yor. Kız kardeşim kodeste ve özgürlüğüm, hatta belki
de kellem söz konusu. Tam hedefe ulaşırken bu işin
ucunu bırakacak değilim. Gerekirse tek başıma da gide-
rim, ama yardımın pek çok şeyi çözer. Sen kınanacak,
üstelik de işe yaramayacak bir halt ettin. İsabel hiç kim-
seyi öldürmedi, sevgilisi de olmadı. Onun için tek yapa-
bileceğin, kızın suçsuzluğunu ispatlamasına katkıda bu-
lunmaktır. Yaptığın kötülüğü ancak böyle giderebilirsin,

ama belki de geri kalan günlerini vicdan azabından dü-
ğüm düğüm olmuş bir biçimde yaşamak istersin. Seçe-
nek olarak ne kaldı ? İsabel ölürse, Peraplana'nın süt
merkezi gelirleriyle sana bakması için hiçbir neden kal-
maz. Ya kaderinin dizginlerini eline almaya karar verir-
sin, ya da benim gibi....benim gibi, pek bir yerlere vara-
madan kalakalırsın.

Konuşma onu rahatlatmış olmalı ki, ağlaması kesil-
miş, küçük pudriyerinin aynasına bakarak pomponla
yüzüne renk vermeye girişmişti. Birden kız kardeşimin
bir çuval parçasıyla suratına boyalar sürdüğü aklıma
geldi. Sosyal farklılıkların en ince olduğu kadar en ge-
reksiz ayrıntılarda da kendini gösterdiği konusunda bir
fikre vardım.

— Ne yapmalıyım ? diye sordu sonunda Mercedes
boyun eğmiş bir ifadeyle.

— Araban yakında mı ?

— Evet ama yağına baktırmam gerek.

— Paran ?

— Belki kaçmam gerekir diye bütün paramı yanıma
aldım.

— Bu bir, önceden tasarlanmış suç belirtisidir güze-
lim. Ama adli ayrıntılarla gerektiği zaman ilgileniriz.
Şimdi arabana kadar gidelim. Yolda sana neler keşfetti-
ğimi anlatır, planımı açıklarım.

XIV

Esrarengiz Bir Dişçi

Böylesine hovardalıklara başvurabilenler için akşam yemeği vaktiydi, sokaklar yine yarı yarıya boşalmıştı. Yağmur başlamıştı, antikalıktan çok kutsal kalıntı niteliğine yaraşan, Mercedes'in yamru yumru otomobilinin içinde, önünde durduğumuz Peraplana villasında oturanların ortaya çıkmasını beklerken, damlalar tepemizde davul çalıyorlardı. Dertli aile, bir saat önce mekânına çekilmişti, aile bireylerinin bu geceyi kedere adamış olmaları normaldi ama ben başka bir olay bekliyordum ve nitekim önsezim çok geçmeden gerçekleşti.

Önce elinde pırıltılı bir şemsiyeyle kâhya çıktı dışarı, gidip parmaklığı ardına kadar açtı, sonra kenara çekildi, güçlü farlar gecenin karanlığını deliyorlardı, bir Seat ortaya çıktı sonunda. İşaretim üzerine Mercedes döküntüsünü çalıştırdı.

— Mesafe konusundaki trafik kurallarına uymamak bahasına da olsa öteki arabadan kopmamaya bak.

Seat'a öyle bir yapışmıştık ki çamurluğuna değmekten korkuyordum, o takdirde yasa bizi suçlu görürdü, çünkü bildiğim kadarıyla, öndeki söz veya hareketle ne kadar kışkırtırsa kışkırtsın hep arkadan vuran suçlu sayılır. Köşeye gelince ışığın kırmızı yanmasından yararlanarak indim ve son bir tavsiyede bulundum:

— Sakın kaçmasına fırsat verme. Tanrı aşkına, gözlüklerini tak. Burada takıp takmadığını görecek kimse yok, hem hiç değilse bir kazaya neden olmazsın.

Kafasını salladı, dişlerini sıktı ve Seat'ın ardı sıra son sürat gazladı. Arabadan inerken gözüme kestirdiğim bir taksiye el ettim ve şoföre:

— Şu iki arabayı izleyin: Özel Ekip'denim dedim.

Şoför de bana kartını gösterdi:

— Ben de. Hangi servis?

— Uyuşturucu, diye salladım. Bu aralık terfiler nasıl gidiyor?

Sahte taksi şoförü:

— Her zamanki gibi kötü, dedi. Bakalım seçimlerden sonra durum ne gösterecek? Ben Felipe Gonzales'e oy vereceğim. Ya sen?

— Şeflerimin adayına.

Sonunda kimliğimi ele verecek laubaliliklere girişmemek için kısa kestim.

Calvo Sotelo'da bir tur atmıştık. Tahmin ettiğim gibi Seat'in sürücüsü bir araba tarafından izlenildiğini fark etti ve ustaca bir manevrayla, yasak levhasıyla dalgasını geçerek, ters yönden Montaner'e daldı, zavallı Mercedes geri vitese alma çabalarındayken az kalsın bir otobüsle çarpışıyordu. İçimden kahkahalar atıp, şoföre Seat'i izlemesini söyledim. Peşindekinden kurtulduğunu sanan Seat'in şoförü hızını azaltmıştı, arkasına takılmakta güçlük çekmedik. Üstelik -şimdilik- Mercedes'ten de kurtulmuştum ve bunu zaten berbat bir durumda olan gururunu daha fazla incitmeden becermiştim.

Seat gideceği yere vardı: Enrique Granados sokağında bir bina. Araba durdu, sürücü indi. Karanlık bir kapı ağzına sığındı, yağmurdan kaçınırmış gibi başını omuzlarının içine çekmişti. Kapı açıldı ve adam karanlıklar arasında kayboldu. Taksi şoförüne beklemesini söyledim ; bekleyemeyeceğini bildirdi.

— Mutlaka Reventos binasının oralarda bir tur atmam gerek, oralarda aydınlanması gereken bir dümen var.

Teşekkür edip iyi şanslar diledim. Kırk yılda bir üzerimde para bulunmasına rağmen -Mercedes yola çıkarken vermişti- aynı örgüte mensup olduğumuzdan şoför paramı almadı. Polis düdük çalarak uzaklaştı ve ben sağanak altında bir başıma kalakaldım. Seat'e baştan savma bir göz atış pek bir ipucu vermedi. Vergi pulunun üzerinde, vergi kaçırmak amacıyla, yalancı bir emlak şirketinin adı vardı. Bir tuğla parçasıyla kapıyı zorlayıp, içeriyi kokladım. Torpido gözünde arabanın kâğıtları, kötü katlanmış bir harita ve pilsiz bir el feneri dışında hiçbir şey yoktu. Koltuklar kadife kaplıydı, sürücününkine kıçı terlemesin diye hasır konulmuştu. Bu ayrıntı, bana Peraplana'nın bu arabayı sık sık kullandığını düşündürttü. Pekâlâ az önce kapıdan giren o olabilirdi. Belki bir işe yarar diye kilometre saatindeki sayıları kafama yazdım, aslında ben doğa itibariyle Yunan ve Latin dillerine yatkın olduğumdan, matematik hiçbir zaman sevdiğim bir konu olmamıştı, dolayısıyla bu sayıyı kafamda tutabileceğimi sanmıyordum. Kül tablalarında Marlboro izmaritleri vardı, filtrelerin üzerinde ruj lekesi yoksa da muntazam diş izleri vardı. Halının üzerindeki küllere bakılırsa sürücü sigara içmişti. İzmaritlerden biri hâlâ nemli olup, çakmak kızgındı. Hiç kuşkum kalmadı. Karşımdaki Peraplana'nın ta kendisiydi. Araştırmalarıma soygun süsü vermek amacıyla radyo ve teybi yuvalarından sökerek otomobilden çıktım. Her iki aleti de lağım deliğine attım, bir an, şu bagaja gizlenip nereye gittiği-

131

mizi görsem diye düşündüm ama sonra vazgeçtim, çünkü hem çok tehlikeliydi, hem de daha kızının toprağı kurumadan Peraplana'nın koşarak buraya gelmekle ne dolaplar döndürdüğünü merak ediyordum.

Karşı sokağın köşesindeki bara girip bir Pepsi-Cola aldım, daha sonra ceplerimi bolca jetonla doldurup telefon kulübesine kapandım, bir yandan da karşıdaki kapıyı kolluyordum. Sokaklara göre hazırlanmış rehberden karşı evi aradım ve peşpeşe, binada oturanların hepsine telefon açtım. Onlara şöyle diyordum:

— Hello ! Burası Cambio 16. Bir araştırma yapıyorduk. Şu an hangi televizyon kanalını izlemektesiniz ?

Hepsi: birinci, diyorlardı, egzantrik bir tip: ikinci, dedi. Bir tanesi de kafamı yararcasına:

— Hiçbirini, diye bağırdı.

Sonra kapattı.

"Oltaya geldin, küçük balık," diye söylenerek basınımıza bu kadar saygısızca davranan kişinin adını rehberde aradım: Plutonio Sobobo Cuadrado, dişçi.

Gözümü kapıdan ayırmadan Pepsi-Cola'mı içiyordum, tam son damlayı çıkarabilmek için dilimi şişenin ağzından içeri sokmuştum ki binadan iki adamın çıktığını gördüm, dikkatle beyaz çarşafa sarılmış bir şeyi taşıyorlardı. Arka planda, karanlıklar arasında bir kadın, ellerini ovuşturarak harekâtı izliyordu. Taşınan nesnenin boyu ve şekli pek iri olmayan bir insana, örneğin bir genç kıza uygun olabilirdi. Adamlar paketi Seat'in bagajına yerleştirdiler, oraya saklanmadığıma şükrettim. Sonra biri direksiyona geçti ve otomobil hareket etti. İzlemeyi isterdim ama görünürde taksi filan yoktu. Ben de dikkatimi öteki adam üzerinde yoğunlaştırdım, içeri girdi, boyuna ellerini ovuşturan kadınla bir süre konuştu ve sonra kapıyı kapadı. Yağmur altında durup bir süre kapıyı inceledim. Ne gerektiğine karar verip -teknik ayrıntılara girmiyorum çünkü bu kilitçilerle hırsızları ilgilendirir-bitişikteki inşaattan bir demir çubuk bulup, kapıyı açmaya giriştim. Sahanlığa girince önce posta kutularını inceledim ve dişçinin ikinci kattaki ilk kapıda oturduğunu öğrendim. Tabuta benzer bir asansör vardı ama dikkat çekmemek için yaya çıktım. Binanın içi de dışı gibi: gri, iri, adi ve biraz da kederliydi; tipik Ensanche evi. Dişçinin zilini çalar çalmaz, göz deliğinin ardından seslendi:

— Kim o?

— Doktor, diş ağrısından ölüyorum.

Konuşurken yanağımı da şişiriyordum.

— Hiçbir şeyiniz yok, vizite saati değil bu saat, hem muayenehanem Clot'da.

Bir yandan yeni yaklaşım yolları ararken söze giriştim:

— Doğrusu ben psikiyatrım, çocuk psikiyatrı ve sizin kızınızla konuşmak istiyorum.

— Derhal git buradan kaçık herif sen de!..

— İsterseniz giderim, ama sonra polisle gelirim, diye tehditte bulundum laf olsun diye.

— Hemen gitmezsen polisi ben getirtirim.

Daha az iddialı bir yol denedim.

— Doktor, başınız belada. Açıkça görüşmemizde fayda var.

— Neden söz ettiğinizi anlayamadım.

— Pekâlâ anlıyorsunuz. Yoksa hiçbir aklı başında kişinin sürdürmeyeceği böylesi bir konuşmayı çoktan keserdiniz. Kızınız hakkında her şeyi biliyorum ve belki size tuhaf gelecek ama, sizin bu bataktan kurtulmanıza yardımcı olabilirim, işbirliğine yanaşırsanız eğer. Şimdi beşe kadar sayacağım. Yavaş yavaş, ama beşe kadar.

133

Saymam bittiğinde kapıyı açmazsanız çekip gideceğim ve siz de inatçılığınızın cezasını tek başınıza ödeyeceksiniz. Bir...iki...üç...

Titrek bir kadın sesi duyuldu:

— Aç kapıyı Pluto. Kimbilir, belki de bize yardımcı olabilir.

— ...dört...ve beş... İyi geceler dilerim.

Kapı açıldı ve eşikte az önce aşağıda gördüğüm siluet belirdi. Ellerini ovuşturan kadın kocasına sırtını dönmüş, yine ellerini ovuşturuyordu.

— Bekleyin, dedi dişçi. Konuşmakla bir şey kaybetmeyiz. Kimsiniz ve bana ne söyleyeceksiniz ?

— Komşularınızın bunu duymalarına gerek yok, doktor. İzin verin içeri gireyim.

Dişçi kenara çekilip yol verdi ve ferforje bir kafese kapatılmış düşük voltajlı bir ampulün cimrice aydınlattığı koridora girdim. Fayans bir şemsiyelik, koyu renk tahtadan oymalı bir portmanto ve bir keşiş koltuğu. Duvar kâğıtlarında bir kır manzarası, simetrik bir biçimde yinelenip duruyordu. Kapının iç yüzüne asılmış mineli İsa'nın altında "Bu evi kutsayacağım," yazılıydı. Yerdeki çok renkli, sekizgen taşlar adım attıkça oynuyorlardı.

Dişçi:

— Lütfen içeri buyurun diyerek ucu bucağı görünmeyen, öncekinden daha dar ve daha karanlık bir koridoru işaret etti.

Peşimde doktor ve karısı, koridora daldığımda, görüşmek için keşke daha tarafsız bir alan seçseydim, diye düşünüyordum: koridorun dibinde beni neyin beklediğini bilemiyordum, üstelik dişçilerin can yakma yeteneklerini de herkes çok iyi bilir.

XV

Dişçi Yüreğinin Sırlarını Açıyor

Korkularım boşunaymış, çünkü yarı yolda dişçi önüme geçip ışık yaktı, avize mütevazı ama rahat döşenmiş küçük bir salonu aydınlattı. Koltuklardan birini göstererek:

— Sizi arzu ettiğimiz gibi ağırlayamıyoruz, çünkü karım da ben de içkiye tövbeliyiz. Size ancak bir laboratuvarın reklam olarak gönderdiği şu ilaçlı çikleti sunabilirim. Dişetlerine iyi geliyormuş, dediklerine göre.

İkramı reddettim, karı kocanın oturmasını bekleyip söze giriştim:

— Kim olduğumu ve ne sıfatla işlerinize karıştığımı merak ediyorsunuzdur. Birinci sorunun hiç önemi olmadığını, ikincisi için açıklamada bulunamayacağımı bildireyim. Kanımca hepimiz aynı çarşafa dolandık, ama size soracağım birtakım sorulara karşılık almadan önce bundan da tam emin olamıyorum. Doktor, az önce bir yükün taşınmasına yardım ettiniz ve onu bir otomobilin bagajına koydunuz. Tamam mı?

— Evet, doğru?

— Şimdi söz konusu yükün içinde, daha doğrusu yükün kendinin bir insan, muhtemelen bir kız çocuğu, daha da ileri gideceğim, bizzat sizin kızınız olduğunu da kabul ediyor musunuz?

Diş doktoru duraksadı, ama karısı yardıma koştu:

— Kızımızdı efendim, haklısınız.

Hafif bayatlamış ama yine de yenilebilir bir kadın olduğunu kafamın bir köşesine yazıverdim, Gözlerinde ve dudaklarının bükülüşünde bir şeyler gizliydi işte. Ne olduğunu kestiremediğim bir hava esiyordu bu kadından.

Sanık olarak katıldığım ve büyük bir olasılıkla katılmadığım bütün celselerde savcının takındığı kibar üslubu anımsayarak:

— Ve yine o bohçadaki kızın, yani kızınızın, iki gün önce Saint-Gervais lazarist sörler okulundan kaybolan kız olduğu doğru değil mi?

— Sus, diye emretti dişçi karısına. Cevap vermek için hiçbir nedenimiz yok.

— Yakalandık Pluto (sesinden rahatladığı anlaşılıyordu). Ve böyle olmasına seviniyorum. İnanın efendim, şimdiye kadar hiçbir yasayı çiğnememiştik. Siz ki suçluya benzer bir haliniz var, siz de vicdanının sesini susturmanın hiç de kolay olmadığı konusunda benimle aynı fikirde olmalısınız.

Aynı fikirde olduğumu belirterek devam ettim:

— Kız okuldayken kayıplara karışmamıştı, rahibelerin haberi olmadan oradan alınıp buraya getirilmiş, burada gizlenmiş ve bu arada siz de bir kaçma ya da kaçırılma numarası yapmıştınız. Öyle olmadı mı?

— Tastamam anlattığınız gibi, dedi kadın.

Bir sonraki soru hazırdı:

— Neden?

Karı koca sustular.

— Bu anlamsız komedinin amacı neydi? diye ısrar ettim.

— Bizi zorladı, dedi kadın.

Sonra kendisine hiç de onaylamayan bakışlar fırlatan kocasına dönerek:

— Her şeyi itiraf etmek en iyisi, dedi. Siz polis misiniz? Bu kez bana soruyordu.

— Hayır efendim, uzaktan bile ilgim yok. Bu işi tezgâhlayan kim? Peraplana mı?

Kadın boynunu omuzlarına gömdü. Dişçi elleriyle yüzünü kapamış, hıçkırarak ağlamaya başlamıştı. Bir dişçiyi böylesine büyük bir acıyla ağlar görmek insanın yüreğini burkuyordu. Susup kendine gelmesini bekledim, sonra çıplaklığını teşhir eden bir sapık gibi kollarını açarak:

— Bayım, dedi, siz ki iyi bir gözlemci ve aklı başında bir kişiye benziyorsunuz, şu oturduğumuz mahalleden, kılık kıyafetimizin ve eşyalarımızın sadeliğinden, her odadan çıkışta elektriği söndürmek alışkanlığımızdan bizim dayanıklı orta sınıfa mensup olduğumuzu anlamışsınızdır. Karım da, ben de yoksul ailelerdeniz, örgütleri aracılığıyla cizvitlerin bulduğu özel dersler ve bursların yardımıyla eğitimimi tamamlayabildim. Karımın kültürü ise, iyiyi de, kötüyü de içeren mutfak bilgileri ve yazlık giysileri, hiçbir zaman giymediği ev entarilerine dönüştürmesine yardımcı olan dikiş becerilerinden ibarettir. On üç yıldır evli olmamıza rağmen dişimizden tırnağımızdan artırabildiklerimiz ancak bir kız çocuğa sahip olabilmemize yetti. Her ikimiz de koyu katolik olmamıza ve hiç istememize rağmen yıllarca çocuk yapmayı engelleyecek yollara başvurduk, bu da cinsel ilişkilerimizi son derece zevksiz kıldı. Kızımızın ana rahmine düşer düşmez yaşamımızın merkezi olduğunu belirtmeme gerek yok sanırım. Asla hesabını sormadığımız -hiç değilse açıkça- sınırsız özverilerde bulunduk onun için. Hep ters giden talih, bize bütün güzellikleri kendinde toplamış bir kız verdi, bizlere duyduğu derin sevgi de bunlardan biriydi.

Dişçi karısına döndü, belki de biraz destek bekliyordu, ama gözleri kapalı, kaşları çatık kadın sanki orada yokmuş, tüm yaşamını yeni baştan gözden geçiriyormuş gibiydi, bunu sadece kadının soyut tutumundan çıkarmadım, zamanı geldiğinde açıklayacağım daha sonraki tepkisinden çıkardım.

— Kızımız akıl yaşına geldiğinde, diye devam etti dişçi, onu nereye göndereceğimiz konusunda karımla uzun uzadıya tartıştık, hem de bayağı hararetle. Kentteki en iyi okula gitmesi gerektiğinde hemfikirdik, ama karım laik, ilerici ve pahalı bir okul isterken, ben İspanya'ya bunca güzel meyveler vermiş olan geleneksel dini eğitim yanlısıydım. Hem zaten toplumumuzun başına gelen yeni değişikliklerin süreceğini de sanmıyorum. Eninde sonunda askerler her şeyin normale dönmesini sağlayacaklar. Modern okullarda ahlaksızlık almış yürümüş; öğretmenler, yakından biliyorum, öğrencilerin önünde evlilik dışı ilişkileriyle övünür olmuşlar, kadın öğretmenler iç çamaşırı giymeyi bırakmışlar: teneffüslerde spor yapmak tavsiye edilmiyor, yani şehveti azdıracak bütün şartlar mevcut: balolar, bir günden fazla süren geziler tertipliyorlar, on para etmez filmler gösteriyorlar. Bilmiyorum ama, bütün bunlar çocuklarımızı dünyayla başa çıkmaya yeterli kılacak mı? Belki de tehlikelere aşı vazifesi görürler? Bu konuda fikrimi belirtmek istemiyorum. Ben neden söz ediyordum?

— Kızınızın okulundan.

— Ah evet! Az önce belirttiğim gibi fikirlerimiz farklıydı, eşim kadın, ben de erkek olduğumdan sonunda bana boyun eğdi, eh! doğa yasası!.. Saint-Gervais lazarist sörler okulunu seçmem çifte özveride bulunmamızı gerektirdi, hem kızımızdan ayrıldık, çünkü okula yalnızca yatılı öğrenci alınıyordu, hem de hiç çekinmeden epey ağır diyebileceğim paralar ödemek zorunda kaldık. Doğrusu ya, eğitim yadsınamaz bir biçimde iyiydi, para açısından, Tanrı bilir ya, çok sıkıştıksa da, okuldan hiç şikâyetimiz olmadı. Yıllar geçti.

Sanki işaretiyle bu sıkıcı aile destanının bölümleri uzaya fırlatılacakmış gibi usuldan ellerini sallamaya başladı.

Hiçbir şey olmadığını fark edince yine konuşmaya başladı.

— Her şey yolundaydı, bir gün muayenehaneme bedava gönderilen dergilerin birinde Almanya'da odontoloji alanında yapılan yenilikleri okuyordum. Teknik ayrıntılara girmeyeceğim. Kısacası müşterilerimin de hiç sevmediği pedallı gırgır makinesini bırakıp elektrikli bir alet almaya karar verdim. Piyasadaki bütün bankalara başvurdum, hepsi de istediğim krediyi reddetti, ben de faiz konusunda biraz daha açgözlü davranan finans kurumlarına gitmek zorunda kaldım. Senetler imzaladım. Her şey kapıya teslim edildi, ama aletin açıklamaları Almancaydı. Müşterilerimin üzerinde denemelere giriştim ve bazılarını kaybettim. İnanılmaz bir hızla geliyordu senetlerin vadesi ve ben onları ödeyebilmek için başka borçlar alıyordum. Kısacası, baştankara gidiyordum. İnançlarım, kocalık ve babalık sorumluluklarım intihar gibi korkakça bir sonuçtan alıkoyuyordu beni. Hapishaneyi ve rezil olmayı beklemeye başlamıştım. Karımın çalışabileceği fikri de bana iğrenç geliyordu. Hatalarıma özür aramıyorum, sadece durumu ve duyduğum endişenin boyutunu anlamanızı istiyorum.

"Bir sabah ciddi suratlı şık bir bey kapımı çaldı. Haciz kararı ya da mahkeme celbi getiriyordur, diye düşündüm; ama gelen kıyafet ve tavrından sanıldığı gibi

139

bir adalet görevlisi değilmiş, kendini tanıtmayan ama içinde bulunduğum sıkıntıları bildiğini hissettiren bir maliyeciymiş. Bana yardım edebileceğini söyledi. Elini öpmek istedim, ama çekti, şu biçimde ve ben de havayı öpmek zorunda kaldım. Saint-Gervais yatılı okulunda bir kızım olup olmadığını sordu, var dedim. Kızıma hiçbir kötülük gelmeyeceğine dair söz verdiği takdirde, kendisine bir iyilik yapıp, bir sır saklayıp saklamayacağımı sordu. Ne yapabilirdim ? Köşeye sıkışmıştım tam anlamıyla. İstediğine boyun eğdim. İki gece önce kızımı buraya getirdi. Çok solgun, ölü gibi görünüyordu, ama o bey bir şeysi olmadığını, planı gereği uyku ilacı vermiş olduğunu söyleyerek bizi yatıştırdı. Her iki saatte bir alması gereken bir kutu hap verdi. Mesleki bilgilerime dayanarak bunların içinde eter bulunduğunu anlamıştım. Geri adım atmak, anlaşmayı bozmak istedim, ama adam tüm karşı çıkmalarımı reddedip şimdi size taklidini yapacağım şekilde şeytanca kahkahalar attı: Ah, ah, ah.

"Pişman olmak için çok geç kaldınız, dedi. İmzalamış olduğunuz senetlerin tümü benim elimde, en ufak bir söz dinlemezlik ettiğinizde protesto çekerim, üstelik bu olay Ceza yasasındaki yazılı süreyi de çoktan aştı. Kesinkes kurallarıma uymadığınız takdirde ne siz, ne saygıdeğer eşiniz, hatta ne de kızınız adaletten yakasını kurtarabilir.

"İşte böylece, korkak ve güçsüz, son günleri kızımızı uyutmak, bir yandan da her an yasanın yumruğunun tepemize inmesini beklemekle geçirdik. Söz konusu bey bu akşam yine geldi ve kızımı kendisine emanet etmemi emretti. Sizin de gördüğünüzü söylediğiniz gibi, kızı çarşafa sarıp arabanın bagajına yerleştirdik. Hepsi bu.

140

Dişçi sustu, gövdesi hıçkırıklarla sarsılmaya başladı. Kadın ayağa kalktı. Salonun öbür ucuna gidip, küçük balkonunu süsleyen solmuş sardunyalara baktı. Konuştuğunda sesi midesinden gelir gibiydi.

— Ay Pluto, seninle evlendiğim saate lanet olsun. Sen hep enerjisiz bir haris, sevimsiz bir sefih, sıra işi bir adam oldun. Sen düşlerinde gururlu, yaşamda korkaktın. Beklediklerimin, hatta beklemediklerimin hiçbirini veremedin, oysa sana yine aynı biçimde teşekkür ederdim. Sınırsız acı çekme yeteneğim yüzünden her şeye boyun eğdim. Bana sadece aşk ve tutkuyu değil şefkat ve güvenliği de veremedin. Yalnızlık ve yoksulluğun batağından korkmasam bin kez bırakmıştm seni. Bu olay bardağı taşıran damla oldu. Kendine bir avukat bul da şu boşanma işini halledelim.

Kocasının numaralarını beklemeden salondan çıktı, adamın sanki dili tutulmuştu. Koridorda topuk sesleri duyuldu, sonra da öfkeli bir kapı gümbürtüsü.

— Banyoya kapandı, dedi dişçi. İsteri krizi tuttuğunda hep böyle yapar.

Komşudaki evlilik anlaşmazlıklarına karışmamak gibi bir huyum olduğundan, ben de gitmek üzere ayaklandım, ama dişçi kolumdan tutup oturmaya zorladı. Bir musluk açıldı.

— Siz bir erkeksiniz, dedi dişçi. Beni anlarsınız. Kadınlar böyledir, onlara her şeyi bir tepsi üzerinde sunarsın yakınırlar, zembereklerini kurarsın yine yakınırlar. Bütün sorumluluklar bizim tepemizdedir. Bizler bütün kararları vermek zorundayızdır. Onlar yargılarlar ! İşler yolunda giderse ipleri koyverirler, yoksa paçavraya çevirirler. Anaları kafalarını safsatalarla doldurmuştur, hepsi kendini Grace Kelly zanneder. Gördüğüm kadarıyla söylediklerimden hiçbir şey anlamıyorsunuz, bü-

141

tün bunlardan bana ne, der gibisiniz. Türünüze bakılırsa, siz de her şeyi kolayından alan o mutlu sınıfa ait gibisiniz. Tasalanacak hiçbir şeyiniz yok: çocuklarınızı ne okula ne de doktora gönderirsiniz, onları besleyip giydirmezsiniz de, çırılçıplak sokağa salarsınız başlarının çaresine baksınlar, diye ! Ha bir tane olmuş ha kırk ne fark eder! Paçavralara bürünüp, hayvanlar gibi üst üste yaşayan bu zavallılar ne bir gösteriye giderler, ne de *tournedos Rossini'* yi fare sotesinden ayırt edebilirler. Ekonomik krizlerden de etkilenmezsiniz. Masrafınız olmadığından, bütün gelirinizi yoksulluğunuzu sürdürmeye harcarsınız olur biter. Sizden kim gelip hesap soracak ki ? Yeterince paranız yoksa, greve gidersiniz ve Devlet Baba cefayı çeker siz sefa sürersiniz. Yaşlanırsanız, bir kuruş bile birikmiş paranız olmadığından kendinizi sosyal sigortanın kollarına atarsınız. Ve bütün bu arada kalkınmaya kim yardımcı olur ? Vergileri kim öder ? Yurtta düzeni kim sağlar ? Bilmiyor musunuz ? Biz, bayım, dişçiler.

Yerden göğe kadar haklı olduğunu söyleyip, iyi geceler dileyerek çıktım. Geç olmuştu ve benim hâlâ çözmem gereken birkaç bilinmeyenim vardı. Kapıya giden koridoru izlerken banyo olduğunu sandığım bir kapının ardından suda ayak çırpma sesleri geliyordu.

Sokakta, taksiler yokluklarıyla dikkati çekiyor, toplu taşıma araçlarınınsa yanına yanaşılmıyordu. Kendi kendime bir koşu tutturdum, Mercedes'le randevum olan Escudillers sokağındaki bara vardığımda iliklerime kadar tere batmıştım. Mercedes'i, etrafı, bütün dikkatlerini kızı yemeye vermiş köpekbalıklarıyla çevrili buldum. Kuytu bir köyden yeni gelen zavallı kızcağız bunca küstahlık karşısında dehşete düşmüştü, ama beni görünce sanki aldırmıyor, bilakis eğleniyormuş gibi bir hava takındı. Düğmeleri göbeğine kadar açık gömleğinin arasından uzun kılları ve dövmeleri görünen bir tip, kavga arar gibi bakan kızarmış gözlerini bana dikmişti.

— Sandor'da buluşabilirdik, dedi Mercedes, hafiften sitemli.

— Aklıma gelmedi.

— Bu senin zamparan mı kaltak ? diye sordu, gömleği kendini ele veren hödük.

— Nişanlım, dedi ihtiyatla Mercedes.

— O zaman ben onu köfteye çevireyim, dedi yalancı pehlivan.

Ve der demez de, boş bir şarap şişesini boğazından kavradığı gibi mermer tezgâha vurup kırdı, cam kırıklarının kanattığı eline aldırmıyordu.

— Ne boktan şey ! dedi. Filmlerde bu numara hep tutardı.

— Onlar özel efektlerdir, diye açıklamada bulundum. İzin verirseniz şu elinize bir göz atayım, ben poliklinikte çalışan bir pratisyenim.

Kanlı elini uzatınca tuzluğu kaptığım gibi yaralara boca ediverdim. O acıdan ulurken kafasında bir tabure parçalayıp, alçağı yere serdim. İşyerinde dövüş istemeyen patron, barı boşaltmamızı rica etti. Mercedes dışarı çıkınca ağlamaya başladı.

— Söylediğin gibi arabayı izlemeyi başaramadım. Yarı yolda kaldım. Ve sonra çok korktum.

Üzüntüsü bende büyük bir şefkatin doğmasına neden oldu ve kızı bu işe bulaştırdığıma hemen hemen pişman oldum.

— Aldırma, dedim. Ben buradayım. Her şey bitecek. Arabayı nereye bıraktın ?

— Carmen sokağında biçimsiz bir yere bıraktım.

143

— Haydi gidelim.

Oraya vardığımızda çekici arabayı götürmek üzereydi. Belediye memurları hiç tartışmadan cezayı ödeyip arabayı almamıza izin verdiler. Paramız karşılığında muntazam bir biçimde katlanmış bir fiş verip, ancak kendileri gittikten sonra okumamızı istediler. Makbuzda şöyle yazıyordu: "Duygularınız değişmiyor, ama içedönüklüğünüz yanlış anlaşılmalara neden olabilir. Solunum yollarınıza dikkat edin."

— Korkarım dolandırıldık, dedim.

XVI

Yüz Kapılı Koridor

Mercedes otomobilini sörler okuluna yakın bir sokağa park ettiğinde neredeyse sabahın ikisi olmuştu. Öğleden sonra satın aldığımız takım taklavatı sırtladığım gibi tenha sokaklara daldık. Tanrıya şükür, yağmur durmuştu.

— Söylediklerimi unutma sakın, diye tembih ettim. Eğer iki saate kadar hiçbir işaret vermezsem...

— Komiser Flores'i arayacağım, biliyorum. Belki yüz kez söyledin. Sen beni alık mı sanıyorsun?

— Boş yere riske girmek istemiyorum. Bu lanet olası mezarda neyle karşılaşacağımı bilemiyorum, ama bir şeyden eminim, burada iş görenler hiç bir şeyden çekinmiyorlar.

— Önce dev sinekle başa çıkmalısın, dedi Mercedes.

— Dev sinek filan yok, salak karı, gördüğün gaz maskesi takmış bir insandı. Bu tipler eterle çalışıyorlar sanırım.

— Acaba yanına bir kanarya mı almalıydın?

— Bir bu eksikti.

Dikenli parmaklığın önünde durmuştuk, çarpıcı bir sessizlik vardı: okulun içinde tek bir ışık bile yanmıyordu. İçimi çekip duraladım. Mercedes kulağıma eğilerek fısıldadı:

— Cesaret !..

Kıza asıl kendisine bağımlı olmanın beni tasalandırdığını söylemeye cesaret edemedim, kısa bir süre önce sözleriyle bir cinayet işlemiş ve bana çok az bilgi vermişti.

Filmlerde hep gördüğüm gibi:

— Bana şans dile, dedim.

— Bir daha görüşemediğimiz takdirde şunu bilmeni isterim ki, dedi Mercedes, bence çok yersiz olarak. Öğleden sonra sana anlattıklarım, hani şu cinsel isteklerimi hep bastırmış olmam filan, işte bunlar doğru değildi. Bir sürü sevgilim oldu. Bütün zencilerle yattım: erkek, kadın, çocuk, deve, hepsiyle. Bütün bir kabileyle.

Sanırım tehlike hayal gücünü tahrik etmişti, her söylediğine inandığımı bildirdim. Bu arada aradığımı bulmuştum; yeni üretilmiş bir öbek köpek boku. Büyük bir dikkatle, şeklini bozmamaya çalışarak onu kaldırımdan alıp, parmaklıklar arasından geçirerek okulun bahçesine koydum. İçerdeki iki it hemen geliverdiler ve tahmin ettiğim gibi davrandılar, gözlemlerime göre zeki geçinen bu köpekler mutlaka büyük bir iştahla hemcinslerinin pisliklerini koklarlar, bizim itler de bu kuralın dışında kalmadılar. Cehennem bekçileri bu ucuz armağanla oyalanadursunlar, biz de duvarın en alçak kısmına koştuk. Mercedes'in omuzlarına çıktım, cılız yapılı olmama rağmen kızcağız rüzgâra tutulmuş kayık gibi sallanıyordu, duvarın tepesine, öğleden sonra bir dükkândan satın almış olduğum örtüyü yaydım. Böylece duvarın üstündeki cam kırıkları, beni, tepesinde dikenli taç taşıyan İsa tablolarına benzetmeden duvarın üstüne yerleşebildim. Mercedes'in aşağıdan uzattığı sırt çantasını omuzu-

146

ma geçirirken manzarayı bir kolaçan ettim: köpekler hâ-
lâ meşguldüler. Çantadan Ninot pazarından almış oldu-
ğum domuz sucuğunu çıkarttım, canımı sıkarlarsa onları
bununla oyalayacaktım ve yere atladım. Toprağın yu-
muşaklığı sayesinde bu iş kolay oldu. İz kalmasın diye
Mercedes örtünün ucunu çekiverdi ama bunu yapınca
beklenmedik bir şey oldu: şimdiye dek varlığının farkı-
na varamadığımız ikinci bir örtü birincinin katlarının
arasından süzülüp benim kafama geçti, hortlağa dön-
müş olmalıyım, önümü göremediğimden yerdeki bir kö-
ke çarptım ve paket gibi karın üstü toprağa serildim. Ve
birden örtüyü aldığımz dükkândaki ilanı anımsayıver-
dim: bu örtüyü alan her nişanlı çifte aynı renk, aynı ebat
ve aynı kumaştan, istesinler istemesinler, bir örtü daha
armağan ediliyordu. İlişkilerimizin geleceği konusunda
hiçbir tahminde bulunmadığımızdan Mercedes de ben
de bu ayrıntıyla ilgilenmemiştik.

Söylediğim gibi, örtünün içinde debelenirken tehdit
dolu hırıltılar duyup, yünün altından -eğer yünse tabii-
eğlencelerini bırakıp, örnek bir hızla düşme gürültüsü-
ne koşan köpeklerin ıslak burnunu hissediyordum. As-
lında bütün yeni örtüler pek de hoş olmayan özel bir
koku yayarlar ve bu da itlerin örtünün içinde bir insan
olduğunu anlamalarını engeller. Bu beklenmedik avan-
tajdan yararlanmaya kararlı olarak, ödediğim astrono-
mik paraya nazaran epey sert görünen sucuğu dişleri-
min arasına alıp, hiçbir yanımın örtünün dışına çıkma-
masına özen göstererek, dört ayak, çimenlerde ilerleme-
ye başladım, böylece ne olduğunu anlamak için
adamakıllı kafa patlatan köpeklerin refaketinde okul bi-
nasına vardım. Kritik bir an belirdi ufukta; binadan içeri
girebilmek için kılıfımdan çıkmam gerekiyordu.

Usulca örtünün bir ucunu kaldırarak sucuğu köpeklere atıverdim, hemen koşuştular. Onlar gider gitmez doğruldum ve önümde dikilip duran duvarı inceledim ve dehşetle tırmanabilmek için ne bir pencere, ne bir ağaç, ne de herhangi bir çıkıntı olduğunu fark ettim. Köpekler son sürat gelmeye başlamışlardı, içlerinden birinin ağzında sucuk vardı, tam umutsuzluğa kapılmak üzereydim ki birden aklıma örtüyü üzerlerine atmak geldi, ikisi de tutsak oluvermiştiler şimdi, böylece dünya denen bu büyük sahnede birkaç saniye önce oynadığımız rolleri garip bir biçimde değiş tokuş etmiştik. Birbirlerini ısırdıklarını ya da meraklı gözlerden uzak kaldıklarından birtakım cinsel oyunlara girdiklerini sanıyorum. Dalga geçmek konusunda köpeklerin ince eleyip sık dokumadıklarını herkes bilir. Bana gelince, küçücük, açık bir pencere bulabilene kadar binanın etrafını fır döndüm, havanın ılıklığı işime yaramıştı, paniğin yarattığı çeviklikle içeri süzülüverdim.

Nerede olduğumu bilemiyordum; ama horlamalar nedeniyle muhtemelen içinde bir rahibenin uyumakta olduğu bir hücreye düşmüş olabileceğim sonucuna vardım. Çantamdan bir fener çıkardım, onu da bugün almıştık, yakmak istediğimde birden elimdekinin sucuk olduğunu anladım, demek ki yaşadığım olayların neden olduğu o gerginlikle el fenerini köpeklere armağan etmiştim. El yordamıyla, horultulardan mümkün olduğunca uzak kalmaya çalışarak kapıyı buldum, tokmak kolayca çevrildi. Kapı açıldı, ben de duvarlara tutunarak bir koridora çıktım, koridor boyuna dik açıyla sola kıvrılıyordu, bu hesaba göre ilk çıktığım noktadan geçerek bir sürü tur atmıştım. Gerek zaman ve gerekse yön bulma konusunda tüm yeteneğimi yitirmiştim. Arkalarında birilerinin yattığını sandığımdan elimin altına gelen kapıları açmaktan çekiniyordum. Elbette bu koridorun bir çıkışı vardı ve bu rahibeler hücrelerine pencereden girmiyorlardı, elimin altına gelen bu yüz kapıdan biri mutlaka binanın geri kalan kısmına bağlanıyordu. Ama hangisi?

En haşin bir biçimde burnumu karıştırarak, bilindiği gibi bu faaliyet zihin açar, kendimi bu erdemli kişilerin yerine koyup onlar gibi düşünmeye çalıştım ve çok geçmeden sorunun cevabını buldum. Bir kez daha rastladığım her kapıya dokunarak koridoru dolaştım ve içlerinden birinin kilitli olduğunu sevinçle fark ettim. Torbamda getirdiğim tırnak törpüsü ve suç dolu geçmişimde edindiğim tecrübe sayesinde kilidi açtım ve birinci kata çıkan basamaklara daldım.

Daha sonra, kahvaltı tabak çanağı akşamdan konulmuş bir yemekhaneye girdim. Bu bana Mercedes'deki akşam yemeğinden beri hiçbir şey yememiş olduğumu anımsattı. Sıralardan birine oturdum ve aklıma sucuk geldi, pişirmediğim halde tadı nefisti. Biraz güç topladıktan sonra yine araştırmalarıma koyuldum. Yatılı okuldaki bu sonu gelmez gidip gelmelerimi şöyle özetleyebilirim, Mercedes'in dikkatli açıklamaları sayesinde kızların uyuduğu yatakhanenin kapısını buldum, törpüyle kilidi açtım ve uyuyanları uyandırmadan usulca içeri süzülüverdim. Dört köşe, geniş bir odaydı, duvarlar boyunca iki sıra halinde yataklar dizilmişti. Her yatağın sol tarafında küçük bir komodin, sağ tarafındaysa bir sandalye vardı ve sandalyelerin üzerinde öğrencilerin itinayla katlanmış üniformaları ve...göz karartan bir görüntü, küçük külotları duruyordu. Hızlı bir hesap sonucu buluğ çağının civarındaki 64 küçük melek arasındaki tek erkek olduğumu öğrendim. Planımın birinci bölümünü sonuçlandırabilmek için şimdi bu 64 yeniyetmeden hangisinin dişçinin kızı olduğunu bulmak kalıyordu.

Sevgili okuyucu, muhakkak siz de, yüzünü bile görmediğim bu genç kızı nasıl bulabileceğimi merak ediyorsunuzdur, eğer öyleyse cevabını bir sonraki bölümde bulabilirsiniz.

XVII

Labirentte

Bu gece ikinci kez, hayatımda ikinci kez değil elbet, dört ayak üstü durup, sırayla yataklar arasında dolaşarak sandalyelerin altına bırakılan ayakkabıları kontrole başladım. Yağmur nedeniyle hepsi ıslaktı, biri dışında: dişçinin kızınınki. Bu kusursuz mantık sayesinde araştırmalarımın hedefini saptadıktan sonra planımın ikinci ama en çetin kısmına geçtim. Torbamdan Purodor'a batırılmış mendilimi çıkarttım, bu sıvıya mahalle sinemalarının tuvaletlerinde pek itibar edilir, ağzımı burnumu kapatıp ensemden bağladım, kovboy filmlerindeki kötü adamlara dönmüştüm. Ben prezervatif almak isteyip de derdini açamayan adam rolü oynayarak satıcı kızı oyalarken, tarifim üzerine Mercedes'in eczaneden yürüttüğü eter ampulünü aldım. Tırnak törpüsüyle ampulü kırdım ve kızın burnuna tuttum, buharlaşan eter burun deliklerinden süzüldü. Beş saniye geçmeden kız doğruldu, yorganını, çarşafını açıp, ayaklarını yere indirdi. Usulca kolundan tutup kapıya doğru götürdüm, karşı koymuyordu. Sonra kapıdan çıkıp sırasıyla tuvaletleri, merdiveni, bekleme odasını ve -nihayet- kiliseyi aşıp, üzerinde V.H.H. ve HINC ILLAE LACRİMAE yazılı sahte mezar taşına ulaştık. Kızcağızı dini törenlerde kullanılan süslemelerin konulduğu küçük dolaba yasladım ve taşın üzerindeki halkaya olanca gücümle asıldım. Kahrolası taş yerinden hiç kıpırdamadı, zamanında narin bir yeniyetme olan Mercedes'in bu işi bir başına yapabilmiş olması tuhafıma gitti. Muhtelif asılmalar sonucu taş yerinden kalktı ve altından pis kokulu, karanlık bir boşluk belirdi. Çukura indim, ayağım tökezlendi ve tepeüstü yuvarlanıp kendimi bir iskeletle sarmaş dolaş buluverdim. Çığlığımı güçbela tutup, kemiklerden sıyrılmaya çabalarken şu başıma gelenlere şaşıp kalıyordum ki kafamda bir ampul yandı ve budalalığıma lanet okudum. Ne eşeklik ! Aceleciliğimden yanlış mezara dalmış V.H.H.' nın cesedinden kalanları kirletmiştim. Yabancı diller konusundaki cahilliğim bu kadar cıvık olmasaydı kaldırdığım taşın üstündeki yazıların Mercedes'in söylediği yazılar olmadığını anlardım. Her zamanki gibi yanlış bilgilerim yüzünden bir yazıyı başka bir yazıyla karıştırmıştım. Kendimi bir vesileyle tanımış olduğum İsviçreliye benzettim, adamın tek bildiği İspanyolca sözcük otuzbir idi. Bu herif her gittiği yerde yerli yersiz bu sözcüğü kullanıyor, çok soylu bir dille konuştuğunu farz ediyor ve herkesin niyetini hemen anladığını sanıyordu. İşte ben de bu fırsattan yararlanıp ona kokain yerine talk pudrası satmıştım, kendini beğenmiş ve anlayışı kıt İsviçreli bir kalemde parayı ödedi, sonra öyle bir hevesle tozu burnundan içeri çekti ki suratı bir anda palyaço yüzüne dönüştü. Şu anda ben de benzer saçmalıklar kotarmakla meşguldüm. Ey okuyucu asla "bu benim başıma gelmez" deme.

Şoktan sıyrılmıştım ama heyecanım geçmediğinden solunum yollarımı örten mendili çözüp alnımın terini sildim, sonra da torbaya atıverdim. Bu dikkatsizliğin bana pahalıya mal olacağını göreceksiniz.

152

Aradığım taş, az önce kaldırdığıma bitişik olanmış ve ilk zorlamada yerinden kalktı. Altından Mercedes'in tarif ettiği merdivenler çıktı, ben de belki pusu musu kurmuşlardır diye kızı önüm sıra indirerek basamaklara daldım. Etraf zifiri karanlıktı, fenerimi kaybettiğime çok yandım. Tedbirlilik ya da sinirden kızın kolunu öyle sıkıyordum ki sonunda düşünde inlemeye başladı. Kıza karşı davranışımın saygısızca olduğunu kabul ediyorum, ama böyle düşünenlere şunu anımsatmak isterim, şu anda bir labirente girmek üzereydik, koridorlardan oluşan bu karmaşada ancak onca çabayla ayarlayabildiğim bu uyurgezer salak bana rehberlik edebilirdi. Zaten bu nedenle onu kaçırmıştım, yoksa yeraltında dadılık yapmanın ne gereği var!.. Kötü düşünenlere de şunu açıklayayım, yeniyetme kızın suratı tıpkı bir süt domuzuna benziyordu ve gelişmesinin öyle bir evresindeydi ki okula gitmekten başka hiçbir işe yaramazdı. Son olarak biri çıkıp, bir kez hipnoz altında labirente girmiş olmanın aynı işin bir kez daha başarıyla gerçekleşmesini garantilemeyeceğini söylerse yerden göğe kadar haklıdır, çünkü yüz adım ancak gitmiştik ki yolumuzu kaybettik. Boyuna yürüyor yürüyorduk, bir koridor bir diğerine, o da ötekine bağlanıyordu. Bu manyaklığı tasarlayan kişinin kötü niyetinden başka ne mantık vardı, ne de sistem.

Beni işitmeyeceğini bile bile kıza şöyle dedim:

— Güzelim, sonumuzun gelmiş olmasından korkarım. Aldırmıyorum, demeyeceğim çünkü ben de canıma düşkünüm, her ne kadar bu kimilerince haklı görülmese de. Benim gibi bir sümsüğün yaşam yörüngesinin mimari alegorisinin ortalık yerinde sonunun gelmesi normaldir. Buna karşılık, hiçbir katkın olmadığı halde kaderimi paylaşmak zorunda kalmana esef ediyorum. Babanın da az önce değindiği gibi bazı kişilerin yazgısı böyle, şu an evrenin düzenine karşı çıkacak değilim. Bazı hayvanlar yiyip süt versinler diye çiçeklerin polenlerini taşımak için küçük kuşlar yaratılmıştır. İşte bu zincirleme durumdan dersler çıkaran bazı insanlar da mevcuttur. Belki de gerçekten birtakım dersler çıkarılabilir, ama benim bundan haberim yok. Ben, zavallı ben, belki de bir dişlisi olduğum mekanizmayı hiç anlamaya çalışmadan yürüdüm bunca yolu, belki de benzin istasyonlarında, şişirdikten sonra kontrol için lastiklerin üzerine atılan balgamım ben. Ne olursa olsun bu felsefe, felsefeyse şayet, bana yaramadı. Gördüğün gibi.

Yeryüzündeki serseriliklerimden çıkardığım dersleri kapsayan bu hüzünlü söylev, yürüdüğümüz havasız ve tozlu koridorda belli belirsiz bir briyantin ya da yüz losyonu kokusu duymamı engellemedi, pusuya yatmış bir züppe olabilirdi civarda. Torbamdan, savunma amacıyla yanıma almış olduğum çekici çıkardım, bunu yapabilmek için kızı bırakmıştım. Tekrar kızı tutmaya kalkıştığımda, ellerim havada kaldı. Ha, bu arada, aslında tabancanın çekiçten daha pratik olduğunu biliyordum, ama silahçıdan almaya kalksam karşıma silah taşıma ruhsatı sorunu çıkacak ve ben de bunu çözemeyecektim, karaborsaya gelince, terörizmin gelişmesi sayesinde fiyatlar ok gibi fırladığından hiç bana göre değildi.

İlk aklıma gelen kızın ilerlemiş olduğuydu, ona yetişmek için hızlandım, ama bacaklarım tutulmuş, güçbela yürüyordum. Mideme bir kramp girdi, az önce yediğim sucuktandır, diye düşündüm, hafiften başım dönmeye başlamıştı, hani hoşuma gitmiyor da değildi. Düştüm, doğruldum ve yürümeyi sürdürdüm, durmadan yürüyor, yürüyordum, sanki hayatımda hiç başka bir şey yapmamış gibi. Sonra çok uzaklarda yeşilimsi bir ışıma gördüm ve bana yönelik bir ses duydum sanki:

— Hey sen, ne bekliyorsun ?

Bana kalsaydı memnuniyetle olduğum yere çöker kalırdım, ama beni görevimde sebat etmeye çağıran ses Mercedes'e ait olduğundan ve belki bana ihtiyacı vardır diye düşündüğümden o ışımaya doğru ilerledim. Ama hareket etmek öylesine zor gelmeye başlamıştı ki çekici ve torbayı yere bıraktım; yani eğer sırtımdaki paçavraları da oracıkta bırakmadıysam sırf böyle bir densizlik o an aklıma gelmediğindendir. Bir ıslık sesi kulağımı yırtıp geçti, ellerimle kulaklarımı kapatmak istedim ama kollarımı kaldıramadım.

— Haydi, haydi, diyordu Mercedes'in sesi.

Ve ben de içimden tekrarlıyordum: "Boş hayalleri bırak bahtsız adam. Bütün bunlar bir sanrı. Koridor eter dolu. İyi düşün: Sanrıdan başka bir şey değil."

— Hepiniz öyle dersiniz, diye güldü Mercedes, ama sonra öyle değilmiş gibi davranırsınız. Domuzlar ! Haydi gel, okşa beni biraz, hayal gücünün ürünü olup olmadığımı o zaman anlarsın.

Mezardaki yeşilimsi ışıkta silueti iyice seçiliyordu, aralarına yuvalanmış olağanüstü kavun tarlasından az biraz çıkıntılı olan davet dolu kollarını bana uzatmıştı.

— Sana olan meylimin cinsini ancak bir serap aydınlatabilir Mercedes.

— Ne önemi var, dedi neye atıfta bulunduğunu belirtmeden, kaybettiğin yolu yeniden bulmana yaradı ya ?

Arkamda, gölgeler arasından bir ses duyuldu.

— Yutturmaca çok uzun sürmeye yönelik olmasa bile, güvercinim.

Bu tehdit dolu cümleyi söyleyeni görmek için arkamı dönmeye kalkıştığımda Mercedes kollarıyla beni sımsıkı sardı. Böylece kendimi savunmam imkânsızlaşmıştı, ama çok geçmeden göstereceğim gibi, düzülmem değil.

— Kim var arada ? diye sordum korkudan ölerek.

Bir kovuktan, önü lame bir ayıp-örterle örtülü, pırıl pırıl, iri yapılı bir zenci çıktı. Kıpırdayamaz durumda olmamdan yararlanarak iyice sokuldu, kaba etlerimi yokladı ve alaycı bir biçimde:

— Ben tropikal Afrika'nın küçük bir zencisiyim, dedi.

Sonra da yağlı teninde slipinin lastiğini şaklatarak ekledi:

— Sana bu eşi bulunmaz ürünün çeşitli marifetlerinin tanıtımını yapmak istiyorum.

— Ben *gey* değilim, diye halen kullanılmakta olan terminolojiye başvurarak haykırdım, zenci bu sözcüğü ilk kez duyuyordu kuşkusuz. Herkes gibi benim de sorunlarım vardır, ama ben düşündüğünüz gibi değilim. Beni anlayın, *gey'*liğe karşı değilim, ama dilimizde bunca uygun eşanlamlı sözcük varken bu barbarlığın kullanılmasını kınıyorum, bu olayda, dışarıdan gelen her şey karşısında kültürümüzün aşağılanmasının ispatı dışında, her şeyi adlı adınca söylemekten duyulan çekingenliği de görüyorum.

Bu arada zenci şişkin ayıp-örterinden bir cep kitabı çıkartmış ve monoton bir sesle okumaya başlamıştı:

— Hepimizin kişiliğinde, belli bir oranda gizli bir ikilem vardır, diye okuduklarını özetledi ve kitabını bacaklarının arasına yerleştirdi. Gururlanmadan, utanmadan bununla yaşamasını öğrenmeliyiz. Bakın, örneğin (kitabın tümsekliğini işaret ediyordu), zenciler hakkında söylenenler tamamen kültürel bir şeydir. Basit kelime oyunlarına sapmamı hoş görün ama paradoks sevgisi en az kompleksli kültürlerin özünde vardır.

— Sanrı veya değil, diye karşı çıktım, güçbela Mercedes'in kollarından ayrılırken, beni taraf tutan ve ucuz bir psikanalize tabi tutamazsınız. Ben buraya bir olayı çözmeye geldim ve izniniz olsun olmasın bunu yapmakta kararlıyım.

Bu sözlerden sonra kendime pek şerefli ve hızlı sayılmasa da bir çıkış yolu bulabilmek için odanın öteki ucuna koştum, bu arada aklım zavallı küçük kızdaydı, tam onu labirentin koridorlarından koşuşurken düşünüyordum ki yatay ve sert bir yüzeye çarpmam sonucu kendime geldim. Etrafıma bakındım. Ayakları demirden, üstü mermerden, balıkçı tezgâhı gibi alçak bir masaya çarpmıştım. Üzerinde kaditi çıkmış bir kadavranın sevimsiz ve kıpırtısız biçimi seçiliyordu. İrkilerek başımı öteki yana çevirdim, bir sanrıdan kurtulup daha beter bir başkasına düştüğüme inanıyordum. Gözümün ucuyla cesedin orada olup olmadığını bir kez daha kontrol ettim ve dehşetle orada durduğunu saptadım. Daha kötüsü: cesedin her yerde karşıma çıkan İsveçliye ait olduğunu teşhis ettim, adamı bir gün önce kız kardeşimin evindeki koltukta otururken bırakmıştım. Önceleri diri olan etleri, büsbütün solgunlaşmış, yarım pansiyon bir otelde size sunulan haşlama et kadar gevşemişti. Hepsine tuz biber eken masanın altından yükselen boğuk hıçkırıklar oldu. Diz çöküp baktığımda, oraya büzülmüş, ağlamakta olan kız kardeşimi gördüm. Yırtık ve pis bir gömlek vardı sırtında, saçı başı darmadağın, ayakları çıplak ve makyajsızdı.

— Nasıl oldu da bu korkunç yere düştün? diye sordum. Bu ıstırap tablosu beni de üzmüştü.

O da sızlanmaya başladı:

— Bu belaya beni sen bulaştırdın. Sen tımarhanede bitki gibi yaşarken ben ne mutluydum. Annem hep derdi ki...

— Kes zırvalamayı güzelim, diye sözünü kestim.

157

Anamın her söylediği Allah'ın emri değildi ya... Keşke öyle olsaydı, bize çok yararı olurdu, ama maalesef ne akıl, ne de başımıza gelenler anamın yanılmazlığını ispatlayabildi.

— Babamla annem bizi bir başımıza bıraktıklarında beni sen koruyacakmışsın, böyle derdi anam, kız kardeşim devam ediyordu. Ne kadar doğru söyledin, bundan yanlış bir kehanet olmazmış...

Zenci tekrar söz aldı:

— Saygıdeğer küçükhanım, hepimiz sadece hatalarımızın değil, ama pısırık ve kemikleşmiş bir sosyal düzenlemenin bize giydirmek istediği önyargıların da bedelini ödüyoruz. Benim durumumu ele alalım, uzağa gitmeye gerek yok. Hep şair olmak istedim, ama ırksal bir önyargı beni dişilerin en kaba saba beklentilerini tatmine mecbur bıraktı. Öyle değil mi aşkım?

— Soneler yazmaya kalkmış olsan ne ziyankârlık olurdu sevgilim! diyen Mercedes şairin kabartılı donuna doğru salyalı bakışlar fırlatıyordu.

Ötekiyse hâlâ vızıldıyordu:

— Klasik kafa: sadece zenginlere borç verilir! der. Benim yeteneğim vardı. Şimdi çok geç ama ben gazino dünyasında bir yıldız olabilirdim. Şu an kimi taklit ediyorum? (Kalçalarını kıvırarak tiz sesle konuşmaya başladı.) "Kızım, hiçbir şeye güven olmaz. İnsan neler görüyor. Kaybettiğini hâlâ bulamadın mı?" *Zalamea Kadısı*'ndan. Peki, bunu biliyor musunuz? Bir uçakta bir Fransız, Bir İngiliz, bir Alman ve bir İspanyol bulunuyormuş. Hayır mı? Ya motosikletteki Franco öyküsünü? Bende birden fazla kişilik var, bu doğru, ama neyime yaradı ki? Rahip Escobar rolümü geri aldılar.

— Gel Candida, bir an önce buradan çıkalım, diye fısıldadım kız kardeşime.

Ve söylediklerimi gerçekleştirmek konusundaki kararlılığımı göstermek için masanın altına süzüldüm: ama Candida yüzümü tırmaladı ve mideme bir tekme atarak soluğumu kesti.

— Neden bana böyle davranıyorsun ? diyebilmeyi başardım bayılmadan önce.

XVIII

Tepedeki Ev

Kendime gelirken ilk duyduğum tanıdık bir ses oldu:

— Rahibeler, erkek kıçı görmek istemiyorsanız gözlerinizi kapatın. Bu huşu anından yararlanarak bu zavallının ruhuna bir *miserere* okuyabilirsiniz.

Belli belirsiz bir sesle mırıldanabilmeyi başardım.

— Komiser Flores! Buraya kadar nasıl gelebildiniz?

— Kıpırdama, dedi Doktor Sugranes'in tanıdık sesi, yoksa çüküne iğne batırırım. Hem ışık az, hem de ellerimde eski ustalık kalmamış. Size anlatmış mıydım bilmem komiser, zamanında atıcılık yarışmasında ödül almıştım. Amatörler arası elbet (sözcüğü Fransız aksanıyla telaffuz etmişti).

Etrafımın bir sürü insanla sarılmış olduğunu gördüm, Komiser, Dr. Sugranes, Mercedes ve bir dizi rahibe, aralarında tımarhanede beni ziyaret eden başrahibe de vardı. Kollarının arasında, gömleği çeşitli yerlerinden parçalanmış küçük uyurgezer kızı tutuyordu. Onu nasıl bulduklarını öğrenmek istedim.

— Bu masanın altında kıza sımsıkı sarılmıştın, iğrenç sübyancı, diye durumu açıkladı komiser Flores, ama Dr. Sugranes'in parmak muayenesine göre işler pek ileri gitmemiş.

160

— Buraya nasıl gelebildiğinizi hâlâ söylemediniz?

— Senin sözlerine uyarak onları aradım, diye cevap veren Mercedes, bir yandan da Dr. Sugranes'in iğne yapabilmesi için pantolonumu sıyırıyordu.

— Ya zenci?

— Ne zencisi? dedi doktor. Her zamanki hezeyanlarının.

— Ben deli değilim, diye karşı çıktım.

— Onu saptamak benim işim.

Doktor öfkesini saklamak istediği zamanlar başvurduğu profesyonel sesiyle konuşuyordu.

Kıçımda alkole batırılmış pamuk gezdirildiğini hissettim, sonra bir iğne saplandı. Ağzımın içinde acı bir tat oluştu, bir an gözümde bir şimşek çaktı. Gözlerimi tekrar açtığımda komiser Flores pamukla ellerini siliyor ve Mercedes'e şöyle diyordu:

— Bu herife elini süren tatanoz olur. Hanımlar gözlerinizi açabilirsiniz, şehvet fırtınası geçti. İsterseniz hücrelerinize de dönebilirsiniz. Doktor ve ben, hizmetkârınız, her şeyle ilgileniriz. Yasanın bana yapmamı emrettiği zaman sizleri araştırmalarımızın sonuçlarından haberli kılarım.

— Tanıklık etmek zorunda mıyız komiser?

— Karar yargıcın.

— Sormamın nedeni, dini sıfatımız dolayısıyla sorgu bağışıklığı için başvuruda bulunmamız gerekir. Bugünden yarına konkordato ilga edilmezse elbet.

Rahibecikler kızı da yanlarına alıp çıktılar. Lahit odasında biz bize kalmıştık, komiser, Dr. Sugranes, Mercedes ve ben.

— Sanrılarımda bir de ceset gördüm, dedim doktora. Bütün bunların hayal gücümün ürünleri oluşuna sevindim.

Komiser sözümü kesti:

— Maalesef o ceset hikâyesi uydurma değildi tatlım. Çarşafı açarsan görürsün.

Yerdeki iç karartıcı silueti işaret etti. Açıklama istedim.

— Her şeyin zamanı var. Ama madem şu an buradayız bakalım bu geçit nereye çıkıyor?

Pantolonunun arka cebinden bir tabanca çıkarıp oynamaya başladı.

— Aralıklı olarak beni izleyin ve mümkün olduğunca saklanarak yürüyün. Yeni hükümetin kemer sıkma politikası nedeniyle çok antrenman yapamıyorum, bu nedenle keskin nişancılığımdan söz edemem. Oysa neredeyse Tokyo Olimpiyatlarına gönderilecektim.

— Bu ülkede biraz sivrilene hemen düşman olunur, diye gözlemlerini belirtti doktor. Kendini nasıl hissediyorsun?

— Yürüyebilirim, dedim. Ama sakın bir başka labirente düşmeyelim.

— Öyleye benzemiyor, diyen komiser koridora daldı. Hem, bu da öteki gibiyse, bu labirentler beni yalnızca güldürür.

— Neden?

— Bütün koridorlar lahit odasına çıkıyor, diye açıklamada bulundu doktor Sugranes. Bunlar mutlaka psikolojik bir amaçla yapılmışlar; geçitin girişini keşfeden kişinin cesaretini kırmak. Ama bunu tasarlayan kendi kurduğu tuzağa düşmek istemedi ve malum deyimdeki gibi, bütün yolların Roma'ya çıkması için tedbir aldı.

Önümüzde komiser, labirentin başladığı noktanın tam karşısındaki koridora girdik. Komiserin elindeki fenerin pilleri bitmek üzereydi. Ardından elinde iğnesiyle doktor geliyor, kendimi güçsüz ve çaresiz hissettiğimden Mercędes'in omuzuna yaslanarak yürüyordum. Bir süre dümdüz ilerledik, sonra komiserin küfürleriyle durduk.

— Basamaklar varmış, görmemişim. İçim cız ediyor: Madrit'ten bize gönderdikleri fenerler on para etmez. Mutlaka bakanın bir akrabası cebini dolduruyordur.

Bir iki basamak çıkıp bir demir kapıya tosladık. Komiser açmaya çabaladı ama beceremedi.

— Bir tel bulursanız ben açabilirim, dedim.

Mercedes bir firkete uzattı, onu düzleştirip maymuncuk niyetine kullandım. Bu engeli de aşınca kendimizi içi tozlu, paslı makinelerle dolu muazzam bir salonda bulduk. Salonun taa dibinde bir kapak, önünde de berbat görünüşlü bir küçük vagon vardı, vagondan kanat çırparak bir yarasa sürüsü fırladı çığlık çığlığa. Mercedes feryadını zor tuttu.

Komiser de şaşırmıştı.

— Bu enayilik de ne ?

— Görünüşe göre kullanılmayan bir kablolu tren, dedi doktor.

— Bakalım nereye götürüyormuş ? Sen şu kapağa bir yüklen hele.

Güçbela kapağı kapayan yay ve mekanizmaları boşaltmayı başardım. Madeni kanatların her biri yuvasına girdi. Ve birden tan ağırırken kablolu tren raylarının uzayıp gittiği çalılıklarla kaplı bir yamaçla karşılaştık.

— Bu hurda yürür mü ? diye kendi kendine soruyordu komiser, kimseye hitap etmeksizin.

— Ben bir göz atayım, dedi doktor. Günümüzde, tıptaki gelişmeler sayesinde hekimler mekanikten de anlamak zorunda kalıyorlar.

Ben, taze dağ havasından biraz toparlanmış olarak komiserden söz verdiği açıklamaları yapmasını isterken doktor makinelere vurup duruyordu.

— Altı yıl önce tanımış olduğum bu genç kadın, dedi Mercedes'i işaret ederek (kız garip bir biçimde somurtuyordu) ve laf aramızda, o zamandan beri epey değişmiş, daha iyi olmuş, sabahın iki buçuğunda beni aradı ve senin çıktığın seferden söz etti. Yeni bir felakete neden olmandan korkarak Dr. Sugranes'e haber verdim, o da çok nazik bir biçimde seni yakalama konusunda bana işbirliği önerdi ve birlikte okula yollandık, durumu haber alan rahibeler de, kutsal toprağı çiğnememize engel olmak için bizimle birlikte lahitlerin bulunduğu yere gelmek istediler. Kilisedeki mumların yardımıyla labirenti gözden geçirdik ve doktorun sana dediği gibi, buranın bir labirent olmayıp oralarda dolanmak isteyen meraklıları yanıltmak için yapılmış bir düzenleme olduğunu keşfettik. Labirentin çabucak bitmesi, belki de geçitin sadece evde oturanların kaçmalarını kolaylaştırmak için yapılmış olmasına dayanıyordu, ya da hemen inşaatın başlangıcında tahsisatın bitmiş olmasına. Öyle veya böyle lahit odasına ulaştık ve üstünde ceset yatan masanın altında seni bulduk. Küçücük bir kızcağız kollarına sığınmış ve sen de delice çırpınışlarınla kızın geceliğini parçalamıştın.

Doktor Sugranes bir türbinin ardından seslendi:

— Evraka ! Başardım !

Kablolu tren çalışmıştı. Dördümüz de platforma atladık, toz ve yarasa pisliği dolu koltuklara oturduk.

Yamaç boyunca sıralanmış mis kokulu çamlar arasında ağır ağır ilerlerken komiser:

— Ne keşfettiğini ve amacının ne olduğunu bana

söylememeni bir türlü anlayamıyorum, dedi. Sana yardım ederdim ve sen de güvencede olurdun.

— Tek başıma da becerebileceğimi ispatlamak istedim.

— Kamu görevlilerine güvensizlik, bu ülkenin iliklerine işlemiş bir hastalık, takdir buyurdu komiser.

— Aşağı sınıflarda baba-oğul ilişkilerine bağlıdır bu güvensizlik, diye açıkladı doktor.

Gözümün ucuyla hiç konuşmayan Mercedes'e baktım. Başı, omuzları, vücudunun en göze çarpan parçası, hepsi düşmüştü. Ayaklarımızın dibinden fışkırmakta olan puslu ve gri kenti sınırsız bir ilgiyle izler gibiydi. Tan ağarırken sokak lambaları ve turistik anıtları aydınlatmada kullanılan ışıklar otomatik olarak sönüyorlardı. Sadece Catalunya meydanındaki birkaç ışıklı reklam göz kırpıp duruyordu. Limanda bir yolcu gemisi dumanını tüttürüyor, açıklarda Altıncı Filo'ya ait bir uçak gemisinin dümdüz silueti seçiliyordu. İçim burkularak, bunca büyük bir müşteri potansiyelinin kız kardeşimi ne kadar sevindirebileceğini düşündüm. Ve birden ipe sapa gelmez düşüncelerimden sıyrılarak bağırdım:

— Dikkat, parçalanacağız.

Üzerinde bulunduğumuz platform yolunun sonuna gelmiş ve kapalı bir kapağa doğru hızla ilerliyordu. Önüne çıkan demir levhaya çarpmasına bir saniye kala atladık. Paramparça oldu; parçalar sağa sola uçuştu, kapak açıldı ve platform bir başka motor, bobin ve kol grubuna doğru acımasız yürüyüşünü sürdürdü. Kıvılcımlar çıktı, mora çalan şimşekler makine dairesini aydınlattı ve ortalık çok geçmeden akıl almaz bir biçimde karıştı.

— İyi halt ettik, diye homurdanan komiser, bir yandan da Maxcali kostümünün üstünde biriken toz, toprak

165

ve otu silkeliyordu, düştükten sonra yamaç boyunca yuvarlanmıştı.

Pragmatik doktor:

— Nerede bulunduğumuzu çözmeyi deneyelim, diye öneride bulundu.

Makine dairesinden geçip büyük bir evi çevreleyen bakımlı çimenliğe çıktık. Gürültüyle yataklarından fırlamış aile bireyleri gece kılıklarıyla kapıya üşüşmüşlerdi. Komiser hepsinden kimlik istedi, onlar da hemen bu emri yerine getirdiler. On yıl önce bu ev ve çevresindeki araziyi satın almış, dürüst vatandaşlardı. Kablolu trenin varlığını biliyorlardı ama hiç kullanmamışlardı ve kullanılabileceğini de hiç düşünmemişlerdi. Kahvaltılarını bizimle paylaşmayı önerdiler, bu arada komiser merkeze telefon edip bizi aldırmaları için bir araba göndermelerini istedi.

— İpuçları olağanüstü bir keşfe götürmez her zaman, diye felsefe yapmaya girişti komiser sütlü kahvesini yudumlarken. Polisin alışık olduğu durum da budur.

Ailenin en küçük oğlu hayranlıkla onu seyrediyordu. Bana da mutfakta kahvaltı vermek istediler ama doktor, gözünün önünden ayrılmamı kabul etmedi: varlığım, olayın şölensel görüntüsünü gölgeliyordu.

XIX

Esrar Çözülüyor

Barselona'ya doğru yol alan devriye arabasında tekrar toplandığımızda yaşamış olduğum olaylar zincirindeki bir alay karanlık noktanın aydınlatılmasının vakti geldiğine inandım.

— Elbette bana bilmecenin anahtarını veren Mercedes'in anlattıkları oldu. O ana kadar İsveçli olayıyla küçük kızın kaybolması arasında bir ilişki kurmak aklıma gelmemişti. Bana göre her şey çözüldü ve şimdi sizlerin de aydınlanmanız için her şeye başından başlayacağım.

"Peraplana'nın birtakım karanlık işlere girmiş olduğu ve halen de bunları sürdürdüğü apaçık, bu uyuşturucu da olabilir, daha beteri de. Bunu aydınlatabilmek için tüccarların, kadınların dudaklarını sakladıkları itinayla gizledikleri irili ufaklı defterlerini şöyle bir gözden geçirmek yeterli olur. Bu yasadışı faaliyetlerin başlangıcında, kuşkusuz altı yıldan biraz daha eskidir, birisi bu dümenleri keşfetti ya da daha önceden biliyordu da bunları ortalığa yaymakla tehdit etti. Şantaj olasılığını gözardı etmiyorum, hatta eğilimim o yönde. Ne olduysa oldu, Peraplana veya paralı katilleri söz konusu kişiyi öldürdüler. Peraplana nüfuzlu bir adamdı, hâlâ da öyledir, ama keşfedildiği takdirde bir cinayetten sıyrılabilecek ölçüde değil, az kalsın bu işi kıvırıyordu. Dolayısıyla cinayeti bir başka suçla gizlemeye karar verdi, öyle ki yetkililer olayı örtbas etmek konusunda anlaşacaklar, iki olay birbiriyle bağlantılı sanılacak ve böylece ikisi de karanlığa gömülecekti. Sanırım söylediklerim açıkça anlaşılıyor.

"Peraplana'nın biricik kızı o dönemde şık bir yatılı okulda öğrenciydi. Okul, daha önce kendisine ait olan, ama konumuzla ilgisi olmayan birtakım mali nedenlerden dolayı satmış olduğu arazisinde bulunuyordu. Bu binayı yaptıran Birinci Dünya Savaşı arifesinde Barselona'ya yerleşmiş, esrarengiz işler çeviren, kökenleri karanlık, Vicenzo Hermafrodito Halfman idi. V.H.H. evine bir gizli geçit yaptırmış ve bunu lahit odasıyla gizlemişti. Bir kablolu tren evle tepe arasında bağlantı sağlıyordu, bunun nedeninin sefahat düşkünlüğü ile ilgili olmasını isterdim ama sanırım gerçek neden siyasaldı. Peraplana geçiti keşfetmişti ama tepedeki ev ona ait olmadığından bütün bu alet edevatı ne yapacağını bilemiyordu. Yıllar geçti, cinayet işlendikten sonra bu geçitin varlığını anımsadı ve rahibelerin bundan kesinkes habersiz olduklarını bildiğinden fırsattan yararlanmaya karar verdi.

"Tava gelmiş bir rahibenin aracılığı ya da başka bir numarayla kızına uyuşturucu yutturdu, bunu da sahibi olduğu süt şirketi sayesinde elde etmiş olabilirdi, sanırım süt fabrikası yetkilileri, satın alanlarda bağımlılık yaratmak için ürünlerine böyle bir madde katabilirler. Önce cesedi, sonra her şeyden habersiz uyumakta olan kızını lahitlerin bulunduğu odaya taşıdı. Başlangıçtaki planı şuydu: genç kızın kaybolmasını araştıran polis cesedi keşfedecek ve masum bir kızı rezalete karıştırmamak için araştırmalarını kesecekti. Kimselere görünmeden Peraplana ve bahtsız İsabel'i sonuna kadar izleyen Mercedes işi berbat etti. Kanımca İsabel'e verilen ilaç yetersizdi ve labirente varıldığında kız biraz daha baygın kalsın diye ona eter koklatıldı. Mercedes de bu eteri içine çekti ve gerçekle arzularının birbirine karıştığı düşlerin kurbanı oldu. Böyle bir durum, etere bile gerek kalmadan, hepimizin başına gelebilir ve bunda hiçbir utanılacak yan yoktur. Ama uyuşturulmuş olması bile oralara bırakılmış cesedi bulmasını engellemedi ve kimbilir belki de birtakım gizli birikimlerin itilimiyle bu cinayeti İsabel'in işlemiş olabileceğine inandı. Odada başka birinin daha olabileceği aklına gelmiyordu, aslında adamı görmüştü ama eterden korunmak için yüzüne gaz maskesi takmış olan Peraplana'yı dev bir sinek sanmıştı. Espadriller, Wamba'lar o yıllarda çok moda olduğundan Peraplana da, ceset de aynı ayakkabıları giymişlerdi, bu da yanılgısını perçinlemeye neden oldu. İsabel'e duyduğu sevgi nedeniyle, arkadaşının işlediğini sandığı cinayetin sorumluluğunu Mercedes yüklendi ve yeni bir cinayetle ortalığı büsbütün karıştırmak istemeyen, ama bu tanıktan da kurtulmak isteyen Peraplana'nın sürgün teklifini kabul etti.

"Plan son derece başarılı olmuş, Peraplana sağ salim kurtulmuştu. Ama altı yıl sonra bir başka şantajcı aynı cinayeti işlemesine neden oldu. Bu kez Peraplana adamakıllı deneyimliydi. Kurbanını temize havale etmeden önce dişçiyle anlaşarak adamın kızını ortadan yok etti. İşte belki o anda, ama bu sadece bir tahmin, benim görevlendirildiğimi öğrendi ve labirent faslından vazgeçip cinayeti doğrudan bana yüklemeyi düşündü. Yerinde bir akıl yürütmeyle kız kardeşimle temasa geçeceğimi tahmin ederek, istediği parayı kız kardeşimden alabileceğini söyleyerek İsveçliyi ona gönderdi. Kız kardeşim İsveçlinin isteklerini nasıl yorumlayacağını bilememişti,

169

ama pek seçkin olmayan müşterilerinin garip isteklerine alışık olduğundan ayrıntılar üzerinde fazla durmadı. Peraplana'nın tahmin ettiği gibi şaşıran İsveçli benim peşime düştü. Hatta, anasının gözü İsveçliye birtakım uyuşturucular bile yutturdu, sanırım aralarında geç tesir eden bir zehir bile vardı. İsveçli odama gelip öldü, muhtemelen otelin tek gözlü kapıcısını da tavlamış olan Peraplana beni suçüstü yakalamaları için polisi gönderdi. Zamanında tüyebildim ve polis beni izlerken, Peraplana'yla tek gözlü cesedi kız kardeşimin evine taşıdılar, biz yine İsveçliye tosladık ve paragöz bir müfettişin de yardımıyla ikinci kez onları atlattım. Madem ben ortalıktaydım, dişçinin kızını saklamakta bir anlam kalmamıştı, İsabel'e yaptıkları gibi onu tekrar yatağına iade ettiler. Benim gizli geçiti ziyarete gideceğimi anlayınca Peraplana İsveçliyi oraya taşıdı, eğer kızının ani ölümünün acısı beynini sarıp onu acılara boğmasa kimbilir daha neler yapacaktı. Ben de geçide daldım ve geleceğim tahmin edilerek oraya buraya serpilmiş ve havasızlıktan orada kalıp dağılmamış olan eterin kurbanı oldum. Sizin tam zamanında gelişiniz belki de daha büyük tehlikeleri önlemiştir. İşte hepsi bu.

Uzun bir sessizlik oldu, sonra komiser Flores bana dönerek sordu:

— Ya şimdi?

— Ne şimdisi? Olay çözüldü.

— Demesi kolay. Ama pratikte...

Cümlesinin sonunu getirmeden bir puro yaktı ve şimdiye kadar hiç yapmadığı bir şeyi yaptı, bana zeki bir insana bakarmış gibi baktı.

— Sana olayı süslemeden açıklayacağım. Her şeyden önce sen bir sorunsun; durumu şu şekilde görüyorum; kısa bir zaman önce tımarhaneden çıktın ve sayacağım şu suçlardan ötürü halen aranmaktasın: cinayeti gizleme, otoriteye itaatsizlik, silahlı güçlere saldırı, psikotropik maddeler bulundurma ve dağıtma, hırsızlık, meskene saldırı, sahte kimlik taşımak, reşit olmayan kıza müstehcen davranışlar ve kutsal mezarı kirletme.

— Ben görevimi yaptım, dedim usulca.

— Soruşturma yargıcı ne düşünür bilemem. Bütün hafifletici şartları uç uca ekselek bile müebbetten aşağı kurtulamazsın. Ve en aşağı kırk yıldan önce de af filan çıkmaz.

Purosundan birkaç nefes çekti: protesto amacıyla Dr. Sugranes öksürdü.

— Devlet memuru olmam nedeniyle, diye devam etti, hiçbir teklifte bulunamam. Buna karşılık Dr. Sugranes gibi tarafsız ve sağduyulu bir kişi bu işi burada kapatalım diye bir teklifte bulunabilir. Ne dersiniz doktor?

— Bir şey imzalamadığım sürece, dedi doktor, her sözünüze katılabilirim.

— Şahsen, bana göre olayı daha ileri götürmek aynı hesaba gelir, diye ekledi komiser. Biraz fazla mesai yaparım, iyi de para alırım. Ama kırtasiyecilik, karışıklıklar, mahkemeye çıkmalar, yüzleştirmeler, celseler, kapı önünde beklemeler... Huzur için, ara sıra bir küçük özveride bulunmaya değmez mi? Ölenler iğrenç şantajcılardı, sonlarını hak ettiler. Hem İsabel Peraplana'nın ölmediğini de size bildireyim. Aptal kız üç Optalidon, beş Tranksen yutmuş, iki Cibaljin fitili kullanmış ölmek için. Yani iyi bir müshilin halledemeyeceği dert değil. Ambulans çağırmaya bile gerek yoktu, ama sağlıkları kendilerine ihanet ettiğinde zenginler nasıl davranırlar bilirsin. Bir başları ağrımasın, nasıl hastanelere koşarlar. Şimdi babasının alçaklıklarını açıkladığımızda zavallı kızcağız ne hallere düşecek? Ya şu arabamızdaki tombul yanaklı, sessiz küçükhanım bir cinayetin gizlenmesine yar-

171

dımcı olduğu için kendini manen suçlu hissetmeyecek mi? Olay dallanıp budaklanır, suç ortaklığı ya da saymak istemediğim başka ilişkiler nedeniyle altı yıl süreyle bir cani tarafından bakılıp beslendiği ortaya çıkarsa ne biçim çamurlara batıp çıkacak? Senin sayende, bu iştah açıcı genç kadın şu an tüm kuşkularından arınmış durumda ve iyileştiği haberini alınca İsabel'in ölümü dolayısıyla duyduğu vicdan azabı da dağıldı. Karışık geçmiş ve iğrenç sürgününe bir son verip, heyecan verici Barselona yaşamına ayak uydurmaması için hiçbir neden yok, isterse bir filoloji ya da edebiyat fakültesine yazılır, Troçkist olur, Londra'da kürtaj yaptırır ve mutlu bir yaşam sürer. Senin şu coşkulu şöhret merakın böylesine parlak bir geleceği karartmalı mı?

Gözleri otomobilin camına takılmış Mercedes'e baktım. Bir süredir kırmızı ışıkta durduğumuzdan bu sabit bakışlara hiçbir neden yoktu, bundan gözlerini görmemi istemediği sonucunu çıkardım.

— Kız kardeşimi serbest bırakacağınıza söz verin, pazarlığı kabul edeyim, dedim komiser Flores'e.

Komiser içten kahkahalar attı.

— Her şeyden bir yarar çıkarmasını iyi bilirsin! Yetkilerimin dahilindeki her şeyi yapacağıma söz veririm. Biliyorum eski etkinliğim kalmadı artık, zaman değişti. Her şey seçimlerin sonucuna bağlı.

Devriye arabası harekete geçti, elli metre gitti ve yine durdu.

Komiser Mercedes'e dönerek:

— Sanırım burada iniyorsunuz küçükhanım, dedi. Boğa güreşinden hoşlanırsanız mutlaka beni arayın. Özel tribünde yerim var.

Mercedes hiçbir şey söylemeden otomobilden indi ve rüya gibi karpuzları kalabalığın içinde kayboldu. Komiser bize dönerek:

— Sizlere tımarhaneye kadar eşlik etmek benim için bir zevktir, dedi.

Sonra da şoförüne döndü:

— Ramon, çevre yolundan gidin, orası da tıkalıysa sireni takın.

Şoför ustaca iki manevrayla kalabalıktan sıyrıldı ve büyük bir hızla sokakları aştık. Bir kez pazarlığa boyun eğdikten sonra, trafiğin bizi geciktirmesinin benim için hiçbir anlamı kalmamıştı.

Araba kapısının camından, evlerin, yine evlerin ve bina bloklarının ve boş arsaların ve pis kokulu fabrikaların ve üzerlerine orak çekiç ve tanımadığım birtakım amblemler çizilmiş tahta perdelerin ve kasvetli tarlaların ve pis derelerin ve dolaşık elektrik tellerinin ve sanayi çöplerinden oluşmuş dağların ve kuşkulu villalardan oluşmuş mahallelerin ve şafak vakti ucuz tarife uygulanan, saatine kiralık tenis kortlarının ve geleceğin düş kentlerinin reklam panolarının ve pizza satılan benzincilerin ve satılık arazilerin ve tipik restoranların ve yarı devrilmiş İberia Havayolları reklamının ve kederli köylerin ve çamlıkların gözümün önünden hızla geçişini izledim. Ve sonra düşündüm ki, eh, yine de pek fena sıyırmış sayılmam. Birtakım karanlık noktalar kalmış olmasına rağmen karmaşık bir olayı çözmüştüm, birkaç gün özgürlüğün tadını çıkartmıştım, iyi eğlenmiştim ve özellikle anısının bana hep eşlik edeceği, hiç kin beslemediğim, çok güzel ve erdemli bir kadın tanımıştım. Belki bizim futbol takımını toparlar ve yerel takımı yenebilirdik. Belki de sonunda Peder Mata'nın şizolarıyla karşılaşır ve biraz da şansımız gülerse, kupayı onlardan alırdık. Anımsadığım kadarıyla hastanenin güneyindeki bloğa, bana hiç de hor bakmayan yeni bir tatlı kaçık getirilmişti ve Halkın Birliği Partisi adayının eşi kocası seçimleri kazandığı takdirde tımarhaneye renkli televizyon armağan edeceğini vadetmişti. Ve nihayet bir duş yapabilecek, hatta kimbilir, belki de bir Pepsi-Cola içebilecektim, tabii eğer kablolu tren macerasına soktuğum için Dr. Sugranes bana kızgın değilse. Bir olay tam başarılı olamadı diye dünya duracak değildi ki, hem sağduyumu ispatlayacak başka fırsatlar da çıkacaktı önüme. Hem çıkmasalar bile ben bunları arayıp bulmasını bilecektim.